河出文庫

笊ノ目万兵衛門外へ

山田風太郎傑作選 江戸篇

山田風太郎

縄田一男 編

河出書房新社

◉目次

笊ノ目万兵衛門外へ

笊《ざる》ノ目万兵衛門外へ

笊《ざる》ノ目万兵衛門外へ

一

「雪の日やあれも人の子樽《たる》拾い」

だれでも知っているこの句の作者を、読者は御存知であろうか。それは市井の俳人ではなくて、吉宗時代の老中で磐城平《いわきたいら》五万石の大名、安藤対馬守信友という人である。

それから数代を経て幕末に、やはり老中となった安藤対馬守信正が出た。井伊大老の後継者となった人物である。二年後、坂下門外で浪士のむれに襲撃されて傷つくまでのあいだ、彼は外は諸外国の傲慢な威嚇と、内は水戸の狂思想集団とに対し、あるいは慰撫し、あるいは毅然として立ちむかい、当時の首相としてその処置まずほかに法がなかったと認められるばかりか、のちの小栗上野介の硬、勝安房守の柔をかねそなえ、資質的にはこれを合わせたような一個の傑物ではなかったかと思われる。

坂下門外で、六、七人の刺客群に襲われたとき、彼はみずから駕籠の戸をあけて、「狼藉者を取押えよ」と指揮し、これをみな殺しにした。帰邸後、供方の防禦をねぎらったのち、「余も背中をやられたようだ」と苦笑していったので、家臣が驚いて衣服を解かせ、はじめて背中一面、淋漓《りんり》たる鮮血に染まっていることを発見した。刺客の一人が真一文字にその駕籠に一刀を突きこんだのを、背当の板蒲団がわずかに切尖をそらせたのである。

　しかし、決して致命傷ではなかったのに、幕府は薩摩の強要によって愚かにも彼を罷免した。これによって幕府はみずから外国の艦隊からの砲撃や内部における叛乱、暗殺などのめちゃくちゃな時代を呼び、一挙に瓦解の急潮に乗ることになる。そして結果的に見れば水戸の狂思想集団が目的を達したのである。

　そのために、水戸浪士の「義挙」によって政治的に葬られたこの安藤対馬守は、あるいは天下の奸物とされ、あるいは歴史の上からしばしば黙殺にひとしい待遇を受けることになったが、外に対してはあえて世論に反する開国をもってし、内に向っては流血のない公武合体による体制の秩序を維持しようとして、肝脳をささげつくした彼は、徳川最後の骨のある宰相として、現代によみがえらせても自分の信念と政策の正当性を主張するであろう。

　四十一歳で井伊大老の後継者となっただけあって、彼は若いころから有能な人物だとだれからも目されていた。三十三歳で彼は寺社奉行を務めている。そういえば、徳川の初代の寺社奉行が安藤家の祖先の右京進《うきょうのしん》重長という家柄でもあった。

　このとき芝増上寺の女犯僧事件が起った。増上寺の僧にして吉原に出入するものがあったのを捕え、またその敵娼《あいかた》となった花魁《おいらん》数名をお白州に呼び出して、彼自身とり調べた。

増上寺はいうまでもなく将軍家菩提寺《ぼだいじ》だ。そのスキャンダルをあばくことについて、上から大圧力のかかって来たことはいうまでもない。かつまたこんな場合、花魁は、相手は医者だと思っていたととぼけるのが常例となっている。しかるにこのときの対馬守の花魁への調べかたが実に春風のようにやさしくて、花魁はついほだされて、とうてい嘘はついていられないような気持になって、ほんとうのところを白状した。対馬守は厳然として、破戒僧に遠島という重罪を科し、遊女のほうはなんの咎《とが》めもなく吉原にかえした。

この刑が重過ぎる、と不平をもらした増上寺に、対馬守はにっと笑って、ここ数年来増上寺の内部でひそかに行われていた、賭博の実状をたなごころを指すがごとく述べて、坊主たちを戦慄させ、沈黙させた。――ために、当時、

「猪《しし》の怒《いか》り毛《げ》は貂《てん》の皮よりこわい」

と、巷間にうたわれた。貂《てん》の皮は、天保時代破戒僧どもを一網打尽にして、「また出たと坊主びっくり貂の皮」と落首された名寺社奉行脇坂淡路守の行列の槍鞘であり、猪の怒り毛は安藤家の槍鞘であったためだ。

さて、彼がこれほど腕をふるい得たのは、当時配下に一人のすぐれたアシスタントがいたからである。正しくいえば、配下ではない。その男は、町奉行所同心であったから。

寺社奉行というのはいうまでもなく、僧侶や神官及び寺社領の人民を治めるのが役目だが、徳川期、江戸では寺社領がだいたい町人地と同じ面積があった。しかし、時代とともに町人地は寺社領にくいこんで来て、いわゆる門前町の発達はもとより、境内で商売や興行をしているものが多くなった。

で、こんな場所で支配を町奉行に移管したところも多いが、なお法的には寺社領でその取締りは町奉行所の助けをかりなければならないところが少なくない。それに寺社奉行は大名が任ぜられることになっており、旗本出身の町奉行より格は上だが、役人はその大名の家来ということになっており、その点、江戸のはじめから町や寺に詳しい町奉行所の、代々世襲の与力同心の知識をかりたほうがはるかに好都合である。

その縄張り意識にうるさい寺社奉行はむろん多かったが、実効を主眼とする安藤対馬守にこだわりはなかった。彼はすすんで町奉行所に援助を求めた。そしてついに自分の片腕とするまで頼んだのが、町奉行所同心の笊《ざる》ノ目《め》万兵衛《まんべえ》という男であった。

その職務上の腕もさることながら、対馬守はその男の人物と覚悟が気にいった。

二

右の女犯僧事件などは寺社奉行に対する協力だが、むろん笊ノ目万兵衛の手柄の大半は本来の町奉行所関係に属する事件である。

彼がどんな同心であったかを如実に物語る例を二、三あげてみよう。

対馬守が彼を知ってから——つまり嘉永四年六月寺社奉行になってから、それをやめた安政五年八月まで約満七年になるが、その七年のあいだに、ペルリをはじめとする黒船渡来からいわゆる安政の大地震、そしてまた攘夷の嵐が吹きすさみかけている。意識している者がどれだけあったかは別として、徳川の大地はゆらぎ出していた。少なくとも寺社奉行や町奉行は、政局を左右する重要人物に対して、あるいは陰湿な、あるいは荒っぽい、要するに大それた凶手が動き出している徴候をいくどかつかんだ。

それが未然にふせがれ、実行に移されなかったかげには、ほとんど笊ノ目万兵衛の働きがあったといっていい。

風の強い夜、阿部閣老の屋敷の風上に火をはなって、その騒ぎに乗じて阿部邸を襲撃しようと計画した連中がある。事前に探知して、万兵衛は彼らを逮捕した。六人の浪士であった。

水戸の老侯が某寺に参詣することになったとき、前夜にその寺の井戸に毒を投げ込んだ僧があった。毒というより、その年に小流行したコロリの死者の吐いたものを投げ込んだのだが、これもその朝のうちに万兵衛が捕えた。

それからまた下田に来たオロシヤの使者に、狂人の刺客三人を送ろうとしたのを、これまた事前に彼がとり押えた。

　これらの事件にはむろんことごとくその背後に指嗾《しそう》者があったのだが、当時の閣老阿部伊勢守は、なぜかその背後関係の公表はおろか追及すら禁じた。直接の犯行者のみを処罰するだけにとどめよ、と命じたのだ。——穏健派の彼は、病みかけた体制に外科的手術を加えることは、かえって大変なことになると看破していたのであった。

「では、その仕置は、私にまかせて下されまするか」

と、殊勲者の万兵衛は、時の町奉行池田播磨守《はりまのかみ》にうかがいを立てた。

　もともと阿部閣老の優柔不断ともいえる方針に不服の池田は、それはかまわぬ、といった。許可を得た万兵衛は、犯行者たちに恐ろしい刑罰を加えた。

　六人の放火計画者たちを縛り、六頭の馬に綱を結んで、黒幕と目される某大藩の江戸屋敷の門前まで往来を駈けさせたのである。もとより彼らはみな転び、地面をひきずられ、馬がとまったときそのすべては体積も三分の二くらいになったズタズタの肉塊と化していた。

　それからまた、井戸にコロリの吐瀉物を投げこんだ坊主には、コロリ患者の糞を食わせた。悲鳴をあげ、死物狂いに抵抗するのを口をこじあけて詰めこんだ。むろん、数日後、坊主は悶死した。

　報告をきいた安藤対馬守は、万兵衛に逢ったときいた。

「やったそうだな」

「は」

万兵衛は自若としていた。

「おまえがなあ」

「拙者だからやったのです。……風の夜に放火すればどういうことになるか。縁なき人々に死人も出ましょう。井戸に病毒を投げ入れることも同断でございます。好きな悪行、というものはございませぬが、なかにもかかる悪行甚だ気にくいませぬ」

円満にさえ見えるその顔に、身ぶるいするような怒りの血がさした。

対馬守が、おまえがなあ、といったのは、実はこの万兵衛という男は、犯罪者を捕える腕はすばらしく、取調べも峻烈だが、罪状決定に際し、たいてい情状酌量の意見書を添付し、罰の寛大を求めることが多いときいていたからであった。

げんに、右にあげた例の一つ、数人の刺客をそそのかしてオロシヤ人を襲わせようとした事件でも――計画者がよく集めたものと思われるが、その三人はいずれもいちじは剣客仲間では知られた男たちであったが、これを探知した万兵衛は、刀を捨ててふところ手で、彼らのところへぶらりと近づいていったそうだ。そしてきちがいたちと小半刻《こはんとき》も話しこんだのち、突如捕縄をたぐり出して三人ともひっくくってしまったそうだが、さてそのあと、彼はこの三人の狂剣客を処刑することには反対し、それぞれ身寄りの者を探し出してこれに預けるという処置で事をすませた。

　こういう処分には反対の池田播磨守に、

「彼らを操《あやつ》った向きをひきずり出して誅戮することをお許し下さるならば、彼らを島流しくらいにはしてもよろしゅうございますが」

と、万兵衛は眼をぎょろりとさせていったという。奉行はうっと息をのんだ。そのことはさらに上層部から、不問に付すように命令されていたからである。

「きちがいに罪はござらぬ。……万一、彼らが今後なお罪を犯しますれば、拙者が責任をとります」

　こうまでいわれては、奉行所にかけがえのない名同心だけに、奉行もそれ以上いい張ることも出来なかった。

　そういうわけで、対馬守が笊ノ目万兵衛のことを調べるともなく調べてみると、彼は、貧しい男やかよわい女の犯した罪は極力大目に見ようとしている。一方で、彼らを利用したり、罪のない人間までまきこむことを辞さない犯罪者には、断乎として厳刑を科する。その区別が実に単純で明快であった。

　寺社奉行の対馬守にとっては、むろん直接の部下ではなかったが、この男を知ってから、彼をまたなく頼もしいものに思い、何かといえばその助力を求め、ときには町奉行と奪い合いになりかねないときすらあった。

事件に対しての助力ばかりではない。対馬守はこの笊ノ目万兵衛という男そのものが気にいった。それで、しばしば自分の屋敷にも呼んで、よく話をした。

万兵衛は、対馬守と同年輩であった。背はやや低い方だが、ころころとよくふとり、筆の穂みたいな感じさえあった。口数は少なかったが、相手にさほど重っ苦しさを感じさせないのも彼の人柄であった。

話しているうち、対馬守の数代前の先祖に、例の「雪の日やあれも人の子樽拾い」の句があったことを知ると万兵衛は驚き、かつ非常に感心して、対馬守にその句を書いてくれといった。しかも色紙などではなく白絹に書くことを求め、どうするのかときくと、甚だ申しわけないけれど、いつも腹に巻いている新しい晒しの腹巻の中におさめて身から離さぬようにしたいという。

――彼の心はよくわかった。

それだけにこの男が――実に穏やかなこの男が、仕事上の辣腕はともかく、犯罪者に対し、時によってはどうしてあれほど鬼神のごとき誅戮を加えることが出来るのかふしぎであった。

そのことについて、ふと対馬守にきかれて、

「悪いことをしたやつは罰せねば、この世の道が立ちませせぬ」

と、万兵衛は、当然至極のことを当然至極の顔でいった。

それにしても、同じ悪事をしてもばかに寛大な扱いをすることがあるというではないか、という問いには、「はて、そんなことがありましたかな？」とけげんな面持をしていたが、やがて思い当ったらしく、

「厳しいか、寛大かは存ぜず、私としては町の者どもが、お上のなさることにまちがいはない、と安心して暮してゆける気持を持てるように、それのみを考えております」

と、いった。

そんな問答を交してから、数日後のある小春日和の午後、安藤対馬守は数人の供だけつれて忍びの他出中、雑司ケ谷に近い路上で、駕籠の中から、ふと往来を歩いている笊ノ目万兵衛の姿を見た。どうやら一人ではないようだ。七十ばかりの老女と、うら若い妻と、三、四歳の男の子の手をひいていた。彼の家族らしい。

対馬守は駕籠をとめさせた。

呼ばれて、万兵衛は驚き、それからあわてて膝をついた。

「どこへゆく」

「は、折よく非番でござりまするゆえ、老母の寺詣りの供を」

そのまえに彼は家族に、駕籠のおかたが寺社奉行さまであると伝え、老女も妻もひざまずいている。老女は町同心の母とは思われないほど品がよく、妻はこれまた万兵

衛の妻とは見えないほど美しく、年さえ離れてまだ可憐と見える女であった。幼い子供はむろん愛くるしかった。

「よい家族持ちじゃの」

と、対馬守はにこやかにいった。

「恐れいってござりまする」

珍しく万兵衛は恥じたように顔を赤らめたが、すぐに何やら思いついたらしく、

「お奉行さま。先だって私めに仕事の上の心構えについて御下問でござりましたがな。どうしてあのようなことをお尋ねになったかと、あとで拙者思案したのでござりまするが」

といって、にっこりと笑った。

「どうやら私は、あそこにおりまするあの家族のために働いておりまするようで」

「ふむ？」

「つまり、あの家の者どもが不倖せになるような世の中であってはならぬ――それは、ほかのだれであろうと同じこと、御奉公の大根《おおね》の考えが、そこから発しておるようでござりまする」

「左様であるか。――いや、人間ならばさもあるべきじゃ」

対馬守はうなずいた。感動した表情であった。

「わかった。よう孝行せいよ」

別れてからも対馬守は、あの鬼同心に感じられていた、鉄石の魂と、ものの哀れを知る心がそこから出ていたのかとはじめて腑におち、駕籠の中でいつまでも微笑していた。

三

人の目に見える以上に時の潮は暗転し、幕府に悲劇の破局は迫っていた。

安政四年六月、ハト派の阿部伊勢守は病死し、五年四月、タカ派の井伊掃部頭《かもんのかみ》が大老の地位についた。ついでにいえば寺社奉行の安藤対馬守もその八月、三十九にして若年寄に抜擢されている。

同じ八月に、京から水戸へ攘夷の密勅が下り、これを機に井伊大老は一挙に公儀に弓ひく不逞のやからの弾圧に踏み切った。

世にこれを安政の大獄というけれど――この国事犯のうち、遠島とか追放とか押込《おしこめ》とかの罪に処せられた者七十余人という数はともかく、首謀者として死刑となったのは八人に過ぎない。その八人の中に吉田松陰とか橋本左内とかがふくまれていたのは、これればかりは量刑過重だが、それにしてもわずかに八人である、明治のいわゆる大逆事件でさえ、もっと不当な裁判で十二人の人間が死刑になっているのである。その是非はともあれ、事実として同種の罪で、比較にならないほど多数の者が極刑を受けた例は、東西の歴史にかぎりがない。のちに勝海舟が「氷川清話」で、憮然《ぶぜん》として、「大獄というが、罪は軽いヨ」といったのも一理はある。

ただ、この断獄が下される前に、幕府から水戸藩へ密勅を提出せよという命令が伝えられ、水戸はこれに抵抗した。このときこの命令を持って水戸藩の江戸屋敷へ使いしたのは、若年寄となったばかりの安藤対馬守で、言を左右する水戸側に叱咤した言辞が水戸の君臣を激昂させたが、対馬守のほうもただならぬ覚悟をすえていた証拠だ。やすやすと勅諚を渡してなるかと、水戸本国からもおびただしい水戸侍が江戸に押し出して来た。安政六年五月のことである。

藩のほうではさすがにこれを必死にくいとめたが、むろんその制止の網《あみ》をくぐって江戸に入って来る連中は少なからずある。これに薩摩屋敷のほうも呼応して、江戸には不穏の気がみなぎった。すでに彼らは主家への迷惑を怖れて身分を捨て、浪士として動いている。

笊ノ目万兵衛は躍然《やくぜん》として立った。彼はむろんあらゆる幕臣と同様に――その中でも最も確乎たる信念をもって、不審の挙動を示す浪人どもを、片っぱしからひっくくった。

そしてその夏、果然彼の信念の凄じさを如実《にょじつ》に示す悲劇が起った。

深川佐賀町に、井伊家お出入りの大工の棟梁父子《おやこ》があった。そこへ一夜、五人の覆面の浪士が押入り、井伊邸の絵図面を出せと迫った。老棟梁はむろん、そんなものはないと断わった。

「しからば書け」

と、一人がいった。

「長年出入りの大工ならば、繕《つくろ》いその他のことで井伊の屋敷の建物の配置はことごとく知っておるはずだ。知らぬとはいわせぬぞ。それを書いてもらおうか」

そして、もう一人が、息子のほうを隣室につれ去って、これも同様のものを書けと命じた。

そこには息子の女房、五つになる女の子が縛りあげられ、女の子は火のつくように泣きさけんでいた。浪士たちのぶら下げている刀はまだ血にぬれていた。押入ったとき、抵抗しようとした大工の若い弟子二人を斬り倒した名残だ。あと二人は表口と裏口で見張りをしていた。

棟梁親子に別々に絵図面を書かせると、浪士たちはその二枚を見くらべて、

「ちがう。ちがうぞ！」

と、吼えた。

この浪士たちが何のために井伊家の絵図面など求めるのか、その目的はいわずとも察せられる。長年出入りしている大工として、そんな要求がきけるものではない。そこでどちらも、それぞれごまかして書いたのだが、たちまちそこを突っ込まれてしまったのだ。それのみか。――

ふるえながら二度、三度と書き、ようやくそれが符合するや、

「こやつ、手を焼かせおってふていやつだ」

と、棟梁を斬り、狂気のごとくしがみついて来る息子の方も袈裟がけにしてしまった。もっとも彼らは、絵図面云々のことを外部に知られないため、はじめから一家みな殺しにするつもりでいる。

斬られた者のさけびより凄かったのは、あけられた襖越しにこれを見ていた若い女房の悲鳴であった。

「やかましい、そいつも早く片づけろ」

一人があごをしゃくったとき、階下の表口で見張っていたもう一人が、

「おいっ。……この家は、役人たちにとり囲まれているぞ！」

と、ただならぬさけびをあげた。

二階の男が障子戸を細めにあけて、外を見下ろし、舌打ちをした。この大工の家は大川端に、しかも町家《まちや》とはちょっと離れて一軒だけ立っていた。その三方の、往来は

もとより材木などおいてある空地などに、夜ではあったがたしかにうごめくおびただしい影や十手が見えたのだ。裏は、大川だ。

彼らは知らなかったが、はじめ押込んだ直後、ちょうど外から帰って来た、息子の妹で十六になる娘が異常を感じて逃げ出し、彼らが大工親子に絵図面など書かせている間に、捕方のむれが手配されていたのであった。

「灯を消せ」

と、浪士の一人がうめいた。

二つほどともされていた行燈が消され、女房はいよいよ恐ろしいさけびをあげた。

「うるさい。そいつも斬ってしまえ」

「こやつ——どうやら気が狂ったようじゃぞ」

と、そのときまで女房を押えていた男がいった。

「なんだと？」

そのとき、外でも絹《きぬ》を裂くような女のさけび声が起った。

「助けてやっておくんなさい！　父《ちゃん》や兄《あに》さんを殺さないでおくんなさい！　お願い——嫂《あね》さんやはるも。——」

むろん、こちらに対しての声ではない。味方の捕方に対しての哀願だ。はるというのは女の子の名らしい。それに対して、

「待て、しばらく待て」

と、低いが、野ぶとい制止の声が聞えた。これまたあきらかに捕方に対してだ。

大工の娘の必死の願い——彼女はむろん父や兄がもう殺されてしまっていることは知らない——を受けて、捕方をとめ、むずかしい顔で仁王立ちになっているのは笊ノ目万兵衛であった。

たまたま彼は、このちかくの自身番に見廻りに来ていて、娘の知らせを受けたのだ。手配が早かったのはそのためであった。——が、このときに限って、笊ノ目万兵衛が指揮をとったために、それからの経過をかえって難しいものにしてしまった。

彼は捕方を制止したまま、その一夜を明かしてしまったのである。それどころか、その翌日も夕暮ちかくなるまで、そのまま動かなかった。——

そのひるごろから、「おなかがすいたよう、おなかがすいたよう」という胸をかきむしるような女の子のさけびが聞えていたが、やがてひいひいというかすれたような泣き声に変り、それも絶えてしまった。

「お米がないんです。ちょうどなくなって、あたいがお米屋さんにたのみにいって帰ったところだったんだから」

と、娘はいった。

「そうか」

万兵衛はしかし愁眉をひらいた。

「腹がへれば、悪党たちも降参するだろう」

たしかに強盗たちも空腹に閉口して来たらしい。しかし彼らは、万兵衛の予想の裏をかいた行動に出た。——日暮ちかくになって、昨夜から戸をしめ切ったままのその家の戸口から、ふらふらと一人の女が現われた。

「……や？　あれは？」

捕方がどよめいた。

大工の若い女房であった。髷《まげ》は崩れ、きものは乱れ、半裸にちかい姿で、ふらふらと幽霊みたいに往来へ出て来たが、その眼はうつろであった。首に笊をぶら下げ、笊の中には何やら書いた紙片が入れてあった。

「この女にむすび三、四十持たせてかえせ。ほかの人間来ることならぬ。いうことをきかなければみな殺しにするぞ。子供の首もきるぞ」

万兵衛はそれを読み、使いとなった女房が、発狂——少なくとも一時的精神異常を来していることを知った。何を聞いてもただ涙をながすばかりで笊を指さし、そしてつかまえていなければ、家のほうへとって返そうとするのである。敵はそれを見込んでこの女を連絡に出したらしい。

「やむを得ぬ。むすびを作ってやれ」

と、彼は命じた。周囲から不満のどよめきがあがった。

「万兵衛、何をしておる？」

背後から声がかかった。与力たちをつれた池田播磨守が立っていた。――この騒ぎのことはむろんすでに前夜から報告されていたが、いつまでも片づかぬと知って、町奉行みずから出馬して来たのである。

笊ノ目万兵衛はお辞儀し、人数もわからぬ盗賊のために大工一家の者がとらえられていること、強盗が浪士風で、家人の一人を斬ったらしいことは逃げた娘が目撃したが、あとの人間の安否は不明で、いま向うから食糧を求めて来たことなどを報告した。

「で、それをつかわそうというのか、たわけめ。そんなことより捕方を早くかからせろ」

「大工一家の者の命がなくなります」

「この際、やむを得ぬ。たかが大工どもではないか」

「一家を殺しては、何のために曲者を誅戮するかわけがわからなくなります」

万兵衛は毅然としていった。

「しかも、その中には五つの幼児もおるとやら。――断じてこれを殺すことはなりませぬ」

そこに、むすびが来た。万兵衛はそれを竹の皮にくるませ、風呂敷につつんで女の背に背負わせた。

「早ういってやれ。まず子供にやるのだぞ」

「左様なことをして、いつまで待つつもりか」

ふらふらとまた薄暮の亡霊みたいに戻ってゆく女房のうしろ姿を見送りながら、町奉行は歯ぎしりの音をたてた。

「万兵衛、もはや我慢ならぬという訴えでわしは来た。わしもまた我慢がならぬ。公儀の威光を何と思うておるか。これで万一とり逃しでもして見よ。腹を切っても追っつかぬぞ」

「いえ、あそこは完全にとり囲んでおります。たとえ何日かかるにせよ、ひっ捕えるのは時の問題で」

「ばかめ、やがて日が暮れる。夜までに捕えるか、斬るかせい。おまえがやらぬなら、わしみずから下知を下すぞ！」

「しばらく、しばらく。――」

万兵衛はしゃがれ声でいった。さすがにその顔は苦悩にやつれて見えた。

「しからば拙者、いま一工夫《くふう》を思いつきましたゆえ、いましばらくお待ち下されい」

そして彼は、傍の若い同心に何やらささやいた。同心は妙な顔をしていたが「一刻をも争う。早ういってくれ！」と叱咤されて、韋駄天のごとく駈け去った。

黄昏の色が漂いかけたころ、同心とともに一梃の駕籠が駈けて来た。砂けぶりをあげるホイホイ駕籠だ。中からころがり出したのは、万兵衛の女房と男の子であった。男の子はちゃんと袴まではかせられていた。

「あなた、万太郎に何の御用でございます？」

あえぐ妻を、

「待て」

と、制して、笊ノ目万兵衛はまた大工の家の方を見た。

先刻のように、また大工の女房が笊を首から下げて出て来た。強盗からの二度目の連絡であった。

「日がくれたら、大川から家の裏へ舟を一つ寄せろ。船頭は残してやるが、子供だけはつれてゆく。この件きかぬか、舟やそのほか追って来るなら子供を殺すぞ。きけば、子はどこかの陸《おか》にあげておく。返事をもたせて、この女はすぐに返せ」

敵も考えたものだ。おそらく大川から海へ出て、欲するところへ上陸するつもりだろう。うまい脱出の法を思いついたものだが、それというのも人質の策が、どうやらよほど効くものと見通したようだ。

あとになってみると、子供だけ、というのは精神錯乱したその母を除けばあとはみな殺しにしていたからだが、しかしこの場合、これだけで何より痛切な脅迫であった。

——いままでの万兵衛ならば。
「やはり、万太郎を呼んでよかった」
と、彼はうなずいて、呼んだ。
「万太郎」
息子の名だ。まだ五、六歳、まんまるい眼に父親ゆずりの気丈さがかがやいている
ようにも見えるが、顔そのものは母親そっくりの愛くるしい子供であった。
「おまえ、このおばさんといっしょにあの家へいってな。——」
「な、何をなさるのです」
若い母はぎょっとしたようであった。呼ばれてここへ駕籠で駈けつける途中、傍を
走る同心から事情はよく聞いたに相違ない。——何が起っているか、身の毛もよだつ
恐ろしい場所へ、子供を一人でやるなんて！
「あの家にいるおじさんたちにいえ。坊をおいて、女の子は、このおばさんと外へ出
してくれと。——わかったか？」
「うん」
父に頭をなでられて、子供はあどけなくうなずいた。
「もしおじさんたちが、おまえどこの子だときいたらの。坊のお父《とう》は、八丁堀同心、
笊ノ目万兵衛だといえ。そういえるな？」

「うん、いえる」

「万兵衛、馬鹿なことはするな。さ、左様な返事をすれば、その子のほうがただではすまぬぞ」

早駕籠が来て以来、狐につままれたような顔をしていた町奉行も、このとき吐胸をつかれたようにせきこんでいった。

「そのために伜を呼んだのでござります。……もはやかく相成っては、最低あちらに捕えられおる子供の命だけは助けてやらねばなりませぬ。その代りに、この子をやる。いや、まさかかような幼児をどうともいたしますまい」

そして、笊の中の紙片に矢立をかりて、「承知した」と書くと、万太郎の肩に手をおいた。

「あちらにゆくと、ちょっとこわいことがあるかも知れん。しかし、おまえは天下の同心の子じゃ。お父《とう》は、よい人の命を助けるのがお役目じゃ。坊も人の命を救え。わかるな?」

「うん、わかった!」

「では、ゆけ!」

ふらふらと歩き出した大工の女房のほうへあごをしゃくると、小さな万太郎はそのあとへついて歩き出した。二度、三度、それでも不安そうにこちらをふり返りながら。

――

「わたしも参ります」

茫然としていた万兵衛の妻が、そのあとを追おうとした。

「ならぬ。余人がいっては何もかもぶちこわしになる」

万兵衛はむんずとひき戻した。

「おまえも、人にはいささか知られた町同心笊ノ目万兵衛の女房ではないか。町の子を助けるために同心の子を使うのは当然のことじゃ。それでこそ、町の衆は、御公儀を信じてくれるのだ！」

大工の女房と万太郎は、その家の中に消えた。

十分ばかりたった。手に汗握るような時間であった。――やがて、そこからまた女房が出て来た。その手に、かすれた泣き声をたてる女の子の手を引いていた！

笊ノ目万兵衛はにこっとして、夕空を仰いだ。

「お、日が暮れるな」

「舟を――舟を支度させねばならぬのではないか？」

池田播磨守のほうが気をもんで、うろうろと眼をさまよわせた。

「いや、舟は無用でござる。まさか、きゃつらを逃すわけには参りませぬ」

「なんじゃと？」

「もはや、あの母子を救い出した上は——残りの男どもは男ゆえ、いま少し辛抱してもらうこととして、拙者、曲者どもを捕えて参る。手に余れば斬ります」

万兵衛は決然としていい、巻羽織《まきばおり》に色のさめた朱房の十手をぶら下げて歩き出した。

町奉行は仰天してさけんだ。

「万兵衛、一人でか。——曲者は、何人おるかわからぬぞ！　だれか、つれてゆけ。捕方の者はあれほどもみにもんでおるではないか。——」

「いや、大勢の者がおしかけては、それこそ危のうござる。子供の命さえ保証出来ませぬ。ただ、一人ならば」

笑顔すら残して、彼は大工の家に入っていった。

数分して——あるいは、命を刻むようなその時間は、もっと短かったかも知れない——家の中で、数匹の獣の吼え合うようなさけびがつづき、やがてしーんと静まり返った。

「ゆけ、早くゆけ！」

奉行はついにたまりかねて絶叫した。捕方たちは殺到した。

そして彼らは、家の中の修羅地獄を——階段の上から下へかけて、血雪崩を打って斬り落されている五人の凶漢の屍骸を発見したのである。それからまた大工たちの——それはずっと前に惨殺されたものであることがやがてわかったが——屍骸をも、はじめて発見したのである。浪士たちがそこに押込んだのは、井伊邸の絵図面を求めてのことであったことも、血にまみれて落ちていたその図から、そのときにはじめてわかった。

そういうことを知る前に、町奉行は往来で立ちすくんだ。

家の中から、子供を両腕に抱いた笊ノ目万兵衛が出て来るのを見たのだ。彼の眼は黄昏の光にうつろにひらき、彼の足は黄昏の雲を踏んでいるようであった。その両腕のはしから、がっくりと垂れた愛児万太郎の頭からも足からも、雨のように血潮がしたたり落ちていた。

石のように佇《たたず》んでいた妻はこのとき地に倒れた。

四

ついで秋になって、笊ノ目万兵衛にとって第二の悲劇が起った。

そのころ万兵衛は、よく品川東禅寺にかよっていた。井伊の開国方針により、六月からアメリカ公使ハリスが麻布善福寺に駐在し、イギリス公使オールコックが品川東禅寺に駐在していたのだが、危険分子がこれを狙うおそれがあるというので、若年寄安藤対馬守の密命を受けて、彼は東禅寺界隈の見廻りのために、しばしばそちらへいっていたのである。

そして秋のある夕方、八丁堀に帰って来たところ事件にぶつかった。——夏から秋へかけていよいよ大獄の断罪が下されはじめてから、大老のみならず幕府の高官を狙う群や個人が少なくなかった。とくに町奉行の池田播磨守は不逞浪人の検挙に鉄腕をふるったから、その危険性は他に倍していたのだが、果然、その一人で、以前に奉行を襲いかけてすでに指名手配まで受けている水戸の郷士稲田安次郎なるものが、八丁堀の油屋に潜伏しているという密告があったのだ。

あとで知れたことだが、彼は偽名をつかい、かつ妻と称する女といっしょであったので、油屋は何も気づかず、その離れを貸していたのである。ともあれ、かつて町奉行を狙ったこともある危険人物が、町奉行のお膝下の八丁堀にひそんでいる——という密告を受けて、奉行所では驚いた。それで三人の与力が十数人の同心手先をつれて急行し、踏み込んだのだが、あわてていたせいか、これは彼ら自身にとっても不用意な行動となった。

店に入って、ねじり鉢巻で油樽を運んでいた若い奉公人に、

「当家の離れに、稲田安次郎という男がおるか」

と、与力の一人がきき、相手がくびをかしげているのにいらだって、

「離れはどこだ」

と、たたみかけた。

指さす方向へ、裏口から庭へ出ようとした彼らは――六、七人の一団であったが――ふいにうしろに異様なひびきをきき、ふりかえると同時に頭から、ざあっと液体を浴びせかけられた。

「おれん、蠟燭をつけろ」

と、いう声が聞えた。

いったのは、いまの鉢巻の男であったが、液体が油で、それはその男が運んでいた油樽のかがみをぬいて浴びせかけたのだ、ということがわかるまでに、二、三分はかかった。それほど彼らは仰天したのだ。

そのあいだに、やはり店で働いていた若い女の一人が戸棚から蠟燭をとり出して、火打石で火をつけて、彼の傍に走り寄っている。

「動くな、動くと、この火をつけるぞ」

やっと事態に気づいて、躍りかかろうとした与力は、油にすべって尻もちをついた。それより早く、その男はその傍へ飛んで、燃える蠟燭をふりかざしている。

「火をつけりゃ、火達磨《ひだるま》だ」

店にはむろんあとにつづこうとした手先たちや、亭主や奉公人や、二、三人の客もいた。これまた油を浴びせられた役人たちに劣らずびっくりして立ちすくみ、いったい何事が起ったのかまだよくわからない顔が大半であったが、わからないなりに、このとき二人ばかりが外へ転がるように逃げ出し、あとの連中もわっと騒ぎかけた。

「騒ぐな、みな一足も動くな。いうことをきかぬと火をつけるぞ」

男はふりむいて叱咤し、その硬直したむれの中に亭主の顔を見つけると、

「御亭主、相すまぬ。こんな迷惑をかけるとは思わなかったが、こっちにとってもまったく不意討ちだったのだ。――これからどうするか、考えるまで一歩でも動いてもらっては困る」

と、いい、それから女に、

「もっとふとい薪に一本、火をつけて来い」と、命じた。

彼らはむろん、目あての水戸郷士稲田安次郎らであった。まさかこれが指名手配の浪士であろうとは知らず、おとなしそうなこの浪人夫婦の請《こ》いにまかせて、油屋の亭主は二人に店の手伝いをしてもらっていたのである。

妻のおれんが、燃える薪を持って来た。すぐ傍には油樽が山型に積んであり、土間にはもう油が流れているし、薪から落ちる火の粉が人々の肌を粟《あわ》立てた。

そこで夫婦は何やら短い会話をかわした。その結果「これからどうするか、考えた」ことを二人が実行に移したわけだが、それは彼らからすれば壮絶といっていい法であった。

女が残ったのである。燃える薪をつかんで。

そして男は、二樽目の油樽をぬいてもういちど、そこに濡れた海坊主みたいになって立ちすくんでいる役人たちにざあっと浴びせかけておいて、土間で口をあけていた亭主の女房の腕をつかんで外へ出た。

往来では、群衆が騒いでいた。さっき逃げた二人ばかりの傭人の悲鳴で、みなこの油屋の異変を知ったのだ。場所柄だけに、逮捕に来た役人とは無関係な役人も通りかかっており、ちょうどそれがつかつかと店へ入って来ようとするところであった。

それとすれちがうようにして、犯人はのれんをくぐって出た。

「のぞくだけ、のぞいて見ろ」

と、彼は笑った。

「与力たちが、油壺から出て来たようにしんとんとろりと濡れておる。もっともみんな面《つら》からみると、槍の権三《ごんざ》どころか、四六の蟇《がま》だがな。しかし、それ以上一足でも入ると、みな火焰不動になるぞ」

役人たちは中をのぞいて、のれんの下で棒立ちになった。

「さて、おれはこの内儀をつれてゆく。どこかで返す。内儀が帰って来るまで、みな動くな。動くと、おれの女房が火をつける。おれのあとを尾《つ》けて手を出すやつがあったら、お気の毒だが内儀に死んでもらう。内儀が帰って来なかったら――暮六ツのお城の太鼓が鳴るまでに帰って来なかったら、みな不動さまになるものと覚悟してくれ。わかったか？」

左手で油屋の女房の腕をつかんだ男の右手には、ピカリと匕首がきらめいた。それよりも、自分が世話したこの病身らしい若い浪人の化物のような変貌ぶりに、油屋の女房はなかば気死したようであった。

暮六ツのお城の太鼓といえば、もう二十分もしたら鳴るだろうか。しかしこの男は、それまでにこの内儀を人質にして逃げおおせるつもりにちがいない。——彼は女をひきずるようにして、群衆の中を突っ切って、弾正橋のほうへ遠ざかっていった。——橋を渡り、迷路のような日本橋の町家《まち》の中へ逃げ込むつもりと見える。

呪縛されたような群衆の中に、笊ノ目万兵衛がいた。彼はそのとき、ちょうど品川東禅寺から帰ったばかりであった。しかも彼は、たまたまそこでふるえていた男から、

「——あっ、旦那！　大変なことになった」

と、声をかけられたのである。それは逃げ出したばかりの顔見知りの油屋の小僧であった。小僧は歯の根もあわぬ調子で右の異変を告げ、

「お客の中に、たしか旦那のおふくろさまが。——」

と、さけんだのだ。

万兵衛ほどの男がこんな変事の報告を受けて金縛りになってしまったのは、まずそ

のことについての驚愕であったといっても、彼を責める者はなかろう。ほとんど顔色を変えたことのない彼が土気色になっていた。

かりに急に油が要ることになっても、本来なら女房が来るはずなのだが、実は彼の妻は、この夏、子供の万太郎を破れかぶれの狂刃の犠牲に捧げてから、半病人のようになっていたのだ。それで老母が出て来たものと見える。——

「……とにかく、火消しを呼べ。急いで、出動させてくれ」

と、万兵衛は傍の若い同心にささやいた。

彼は何を考えたのか。彼はまだ何も考えてはいない。

稲田安次郎がお尋ね者であることは、むろん万兵衛は承知していた。それが眼の前でこんな不敵なふるまいをして逃亡しようとするのを、絶対に見のがすことは出来ない。が、彼を捕えようとすれば、あの内儀が無事ではすまぬ。

内儀が帰って来ないとなると、あと二十分以内に六ツの太鼓が鳴り、安次郎の妻が火をかけるという。油だらけになった与力たちに。——与力たちばかりではない。油屋に閉じ込められた、自分の母をふくむ人々がどうなるか、想像するだけでも身の毛がよだつ。

笊ノ目万兵衛が土気色になってしばし立往生したのもむりはない。しかも、時は刻々迫るのだ。

しかし――きっと稲田安次郎の消えた方角をにらんでいた万兵衛のからだが、さっと鋼鉄のような線にふちどられると、彼は駈け出した。彼の意志はきまったのである。掘割にかかる弾正橋を渡ろうとしていた稲田安次郎は、うしろから地ひびきたてて迫って来る跫音をきいてふり返った。

「待て、稲田」

万兵衛は橋のたもとに立ちどまった。稲田安次郎は凶相になった。

「来るか？　追って来たら、この女、ふびんながら刺し殺すぞ。刺し殺せば、油屋のほうも。――」

「おれは八丁堀の笊ノ目万兵衛じゃ。知っておるか？」

「やっ――笊ノ目――ううむ、志士たちを片っぱしから狩りたてる鬼がうぬか」

万兵衛はいきなり十手を捨て、大小を捨て、巻羽織の衣服をかなぐり捨てて、下帯一つの姿になった。

「これでうぬをひっ捕える。男なら、女より先におれにかかって来い！」

彼は大手をひろげて歩み出した。

ちょっと気をぬかれたようにこれを眺めていた稲田安次郎は、近づいて来る徒手空拳の万兵衛に、にやっとゆがんだ笑いを見せた。

「あっぱれ――といいたいが、鬼同心、その手にはかからぬ。暴虐なる幕府に対し、おれの志をとげるためには、御用学者のひねり出した武士道など捨てる覚悟をしておるのだ。それに、おれの女房もどうせ死ぬ」

そして彼は、傍にもう亡霊みたいに立っている油屋の女房の頸に横から匕首を突き立てた。

「これで、与力たちの命はなくなったものと思え。——むろん、うぬの命も」

倒れる女房をうしろ足で蹴って、血刃をにぎってこの非情な志士は、万兵衛めがけて躍りかかって来た。

油屋の女房の悲鳴よりも、その刹那万兵衛は恐ろしいさけびをあげていた。彼は犯人と相搏《あいう》った。その手には、しっかと相手の匕首をつかんだ腕をとらえていた。

夕焼けの下で、数分間の格闘ののち、笊ノ目万兵衛は肩で息をしながら、橋の上に立っていた。その足もとには、絞め殺された稲田安次郎の屍体があった。

鬼同心は使命を果した。しかし、しくじった。倒れた油屋の女房はこと切れていた。絞め殺された犯人の顔には、冷たい笑いが凍りついていた。放っておけば、油屋は火の海となるのだ。

笊ノ目万兵衛は二つの屍骸を捨てたまま、橋のたもとの大小と衣服を小脇にかかえてまた走り出した。もとの油屋のほうへとって返したのである。

このときすでにあたりに鳶口を持った火消し人足が、近くの屋根の上にもちらほらと見え、龍吐水《りゅうどすい》までひきずり出しているのを見ると、彼は同心に指示しておいて、裸のまま下帯に大刀だけぶちこみ、十手をくわえ、どこかに消えた。

数分後、その姿が、夕映えも暗い油屋の屋根の上にあらわれた。天窓を探しているらしい。――そのとき、お城から太鼓のひびきが伝わって来た。六ツだ。

土間に、燃える薪を持ったおれんはなお立っていた。これまた病身らしく見える女であったが、容姿は美しく、この場合それは凄艶を極めた。

――いったいこの女は、油屋の女房が帰って来なかったときはもちろんのこと、もし帰って来たとしても、そのあとどうするつもりだったのであろうか。いずれにせよ、彼女は無事ではすまないはずだ。

その通り、おれんは死を決している。自分の命は捨てて、志士たる夫を逃そうとしているのだ。その行動がそれなりに壮絶だといったゆえんである。

近所の屋根に聞えはじめた物音は、どうやら火消し人足らしいと知って、彼女はうす笑いを片頬に彫った。油屋の中に虜となった人々は、依然半失神状態で立っている。

――

やがておれんは、六ツの太鼓の音を聞いた。

おれんの顔に、一瞬、絶望の影が走った。油屋の女房は帰って来ない。夫の逃亡は失敗したのだ。夫は死んだのだ。――この苦痛にみちた思いは、おそらく彼女の感覚をも一瞬鈍らせたのであろう。おれんはそのとき頭上の一角に、天窓があけられたのに気がつかなかった。

「太鼓が鳴った。終りだ。みんな、死んでもらおうか」

彼女が燃える薪を高くふりかざし、恐ろしい笑顔になったとき、突如その薪が土間に落ちた。天窓から飛んで来た一本の十手がその手首を打ったのである。

おれんは、そこからつづいて裸の男の影が飛び下りて来るのを見た。苦痛に顔をゆがめつつ、しかし彼女は電光のごとくしゃがんで、落ちた薪を拾いあげようとした。手首の骨は折られていた。左手でつかんだ。その姿勢を、光芒が赤い血の糸で二つに分けた。

驚くべし。——両断されながらこの志士の妻は、なお燃える薪を、眼前にひとかたまりになっている夢遊のむれに投げつけると、血と油の海の中へがばとひれ伏した。

名状しがたい叫喚があがった。

最初からそこに油びたりになって佇んでいた一団は、そのまま炎の大塊と化したのだ。

髪も焼け、手足に火傷した笊ノ目万兵衛が、混乱して逃げ出そうとした奉公人たちに踏み倒されて気を失った老母をひっかかえて、燃える油屋からよろめき出して来たのは数分間ののちのことであった。

五

十日ばかりのち、笊ノ目万兵衛は閉門を命ぜられた。油屋の一件におけるその処置適当ならずという罪によってである。

油屋が炎上したのは、その家だけで消しとめられたが、実に危険なことであり、その上、奉行所から逮捕に向った一団のうち七人が、みな焼け死んだ。その中に与力が三人も混っていたのが特に問題となったのだ。

しかも、あとで万兵衛が長嘆したという。

「油をかけられた衆は、十手をあずかりながら、あのときまで何をしておったのじゃ」

この批判と、彼が自分の母だけは死物狂いで助け出したことが、上層部の反発を買ったらしい。死んだ与力たちの遺族への斟酌もあった。たいていの事件は万兵衛にまかせきりの町奉行池田播磨守も、この処置には沈黙していた風であった。

笊ノ目万兵衛の真の悲劇は、むしろそのあとに来た。あの炎の中から救い出された老母が、晩秋の一夜自害したのである。書置きがあった。

「……お上にあらがう大それた悪人の妻でさえ、夫のために死ぬ働きをいたしましたのに、天下の同心の母が老体とはいえかえって足手まといになり、そのあげく与力衆は亡くなられましたのにわたしは助け出されたこと、お上にも御先祖さまにも申しわけがございませぬ。さりながら伜万兵衛、このたびのお咎《とが》めは当然のことながら、母の眼から見ても、ただ今のお役目を果たすだけのために生まれて来たような男、一日も早う働かせれば、それだけ御公儀のおためになると存じます。老母の命にかけて、一日も早く閉門の儀おゆるし下さいますよう、少々世々《しようじようせぜ》お願いつかまつります」

という意味の遺書であった。

この書置きを見て、真っ先に笊ノ目万兵衛の閉門をゆるすことを強硬に主張したのは若年寄の安藤対馬守であった。

「まったくこの通りじゃ。あれがいなくては、江戸の治安はどうなるかわからぬ」

それはだれも認めざるを得ない事実であったから、万兵衛の罪はまもなく許された。それどころか、数日後、安藤対馬守は忍びで八丁堀の万兵衛の組屋敷を訪れて、

「当方のあやまちで、御老母を死なせてしまったことを許せ。そのおわびをかねて、わしにも線香をあげさせてくれい」といった。一介の同心の家に若年寄が来るなど破格を越えたことである。万兵衛とその妻はつっ伏した。

仏壇には、新しい位牌が二つならんでいた。一つの位牌は小さかった。

それに香を焚《た》いて。――

「万兵衛、眼をどうした？」

と、対馬守はさっきから気にかかっていたことをきいた。万兵衛は眼をとじて、まるで盲のように見えたからである。

「伜が死にましたとき、女房は涙のためにいっとき眼がつぶれました」

と、彼は苦笑を頬に彫って答えた。

「それを不覚な、と拙者叱りましたが、こんどは拙者の眼が同様に相なりました」

対馬守は声をのんだ。彼の脳裡に、いつか見た小春日和の日のこの一家の幸福な影像が浮かんだ。

笊ノ目万兵衛は、しかし微笑した。どこか寂寥《せきりよう》の翳《かげ》のある笑顔ではあったが、力のこもった声でいった。

「しかし、殿。……万兵衛の眼はすぐにあきます。死んだ母のためにもあかねばなりませぬ」

万兵衛の眼はほんとうにあいたのか。あいても一同心の力などではいかんともすることが出来ない時の潮であったか。

年を越えて春三月三日、桜田門にふりしきる雪の中に、大老井伊直弼は討たれた。

水戸浪士はついに陰惨な目的を達したのである。

ついで安藤対馬守がそのあとをついだ。正確にはその一月に老中に列していたが、大老の突如たる横死によって、彼が直接外交の任に当ることになったのだ。この時点において最も国家の運命を左右するのは、開国の実行を迫るハリスやオールコックと交渉する役目であったから、実質的には彼が老中主席といってよかった。

大老を葬り去った攘夷の凶刃は、なお闇黒の風を起していた。

その年の十二月五日、午後九時ごろ、アメリカ公使ハリスの秘書兼通訳のヒュースケンが、赤羽根の接遇所から騎馬で麻布善福寺へ帰る途中、四、五人の刺客に襲われた。むろん日本側の護衛はついていたのだが、ヒュースケンは脇腹を斬り裂かれて、その夜のうちに絶命した。

そして幕府は、闇の中に遁走した下手人たちの捜索に全力をあげたが、ついにこれは不明であった。

「日本政府は何をしているのか？」――ハリスの追及にあって、対馬守は苦しんだ。一日、対馬守に呼ばれた万兵衛は、この老中の苦悩のうめきをきいた。

「いま異人を手にかけることは、老中を殺すことより国難を呼ぶことがわからぬか、馬鹿者どもめ、むしろこの対馬守を刺してくれたほうがよいに。――」

それをきいて、万兵衛は身を切られる思いがした。町奉行の池田播磨守や四、五人の与力も呼ばれていたが、その中にただ一人、同心の自分が入っていることは、いかに対馬守が自分を信頼しているか明らかであり、全身が責木《せめぎ》にかけられるようであった。

そのとき対馬守はまたいった。

「それで、ハリスもいった。本国へ報告のこともある。もしどうしても下手人がつかまえられなければ、万やむを得ぬ、江戸の牢獄にある死刑囚のうち何人かを下手人として処刑しては如何と。――シナの広東で、イギリスの水兵が殺されたとき、シナがそうしたという」

「お、それは名案。――」

ひざをたたく町奉行を、対馬守はにがり切った眼で見やった。

「わしは答えた。国と国との交渉は信義をもととする。左様な詐謀をもって一時の紛《ふん》擾《じょう》を糊塗するがごときふるまいは、日本国としてはいさぎよしとせぬ――とな。ハリスは黙って、二度と左様なことは口にせなんだが」

対馬守を仰ぐ万兵衛の眼には感嘆のかがやきがあった。

六

年を越えて、安藤対馬守の努力はつづいた。前門の虎、黒船に乗った外国公使たちの高圧的な脅迫と、後門の狼、攘夷の迷信にこりかたまった京都や水戸の煽動に対してのたたかいである。それは戦場よりももっと苦渋にみちた死闘といってもよかった。

笊ノ目万兵衛の不屈のたたかいもつづいていた。この文久元年に入って、春ごろまでに、彼が検挙した不穏分子は二十余人を越える。いずれも脱藩した志士たちで、この一筋縄では行かない連中を、一人でこれだけ逮捕したのは、まさに鬼同心としかいいようがないが――しかし一方で、さすが彼はどこか空しさをも禁じ得なかった。

捕えても捕えても――あのような大獄のあとというのに――地から湧き出して来るような不逞のやからは無限かとも思われ、その大地そのものが盛りあがって来るような気がした。彼以外の与力や同心はもっとそのぶきみな風に恐怖を感じており、はっきりいって桜田の凶変以来、奉行所は表面の強面《こわもて》とはうらはらに、内部では明らかに動揺の色を見せていた。剛腹な奉行の池田播磨守すらその色があった。

その中で、実質的に勇戦力闘しているのは、ただ万兵衛一人といっていいほどであった。彼をふるいたたせている炎は、法と秩序を護る、それが町の民に対する最低限度の国家の義務だという信念だけであった。

春になって彼は重大な情報をつかんだ。不逞浪士たちが、品川東禅寺にあるイギリス公使館を襲う計画をめぐらしているらしいのだ。

以前からそんな風評はちょいちょいあって、万兵衛も警戒していたのだが、アメリカの通訳ヒュースケンの暗殺以後、イギリス公使館もいちじ横浜へ逃げていたこともあって、しばらくその危険は去っていた。しかしこの一月末からまた東禅寺へ帰って来て、それ以来二百人を越える幕兵に護衛されているにもかかわらず、無謀なる浪士たちはこれを襲撃する陰謀をたくらんでいるらしい。

四月の終りまでに万兵衛は、それが事実であることをたしかめた。彼はその計画者たちにさえ逢った。

彼らは品川の虎屋という女郎屋に出入りすると見せかけて、東禅寺を偵察していた。近くの居酒屋で謀議の飛火した気焰をめらめらとあげていた。

むろん、東禅寺のことなどを口にするわけはないが、時局に対する慷慨《こうがい》——とくに、閣老安藤対馬守の「弱腰」に対する悲憤はよくもらした。その一人などは安藤を「売国奴」とさえ呼んだ。

あやうく万兵衛は憤怒の眼色になるところであったが、よく抑えた。

万兵衛は彼らといっしょに酒さえ飲んだ。八丁堀の笊ノ目万兵衛といえば、志士の敵としてその名を知らない者はないはずだが、この時代のこととて、まだ彼の手にかかったことのない浪士の大部分は、彼の顔を見たこともなかったのだ。そしてまた万兵衛が、むろん巻羽織であるわけもなく、くたびれた浪人姿をしていたが、それ以外に大した変装もしないのに、顔つきまでちがって、言葉もみごとな薩摩訛りで話したのである。

話してみると、実に単純でいい若者たちばかりであった。これ以上夷狄《いてき》のいいなり放題になっていることは亡国への道を歩むことだ、印度を見よ、阿片戦争を見よ、とさけび、その国難を未然に防ぐためには命を鴻毛の軽さにおいているのである。彼らは売国奴安藤対馬守の斬奸をさえほのめかした。

万兵衛は、若い志士たちのうち、少なくとも二人の実名さえつかんだ。古野政助と称しているがほんとうは水戸人の黒沢五郎、相馬千之亮《すけ》と名乗っているがやはり水戸人の高畑房次郎である。

それでも万兵衛は手を下さず、なお彼らを泳がせていた。二百人以上の護衛兵に日夜警備されている東禅寺を襲う以上、少なくとも数十人の一味があると見て、これをいっせいに根こそぎ検挙するつもりからであった。

彼は、春から五月にかけて、ほとんど八丁堀に帰らなかった。奉行からはしきりに報告を督促して来たが、彼はまだはっきりしたことをいわなかった。一網打尽の見込みがつくまえにもらして、それが浪士側にも伝わって彼らを霧散させた経験が二、三度あったからだ。このごろは奉行所の内部にさえ、何かうろんくさい空気が出て来たようであった。

東禅寺襲撃者はなんと十四人の決死隊、日時は五月二十八日の夜。——と、彼がついにつきとめて、これにまちがいなし、と断定したのは、五月二十五日のことであった。そして、まさに八丁堀へ勇躍してひきあげようとしたときに、彼にとって第三の悲劇が訪れたのである。

いれちがいに奉行所から若い同心がやって来て、

「御内儀が誘拐されたことを御存知か」

と、伝えたのだ。

さしもの万兵衛も色を失った。唇をふるわせて、

「知らぬ、いつのことだ？」

と、さけんだ。

「いつさらわれたのか奉行所のほうでもわからぬが、きのうの夜奉行所に投文《なげぶみ》があったのが発見されて、笊ノ目万兵衛の妻を雑司ケ谷の陀経寺にとらえてある。身柄を返して欲しければ万兵衛ただ一人やって来い、余人が近づけば人質は殺害する——ということだ」

同心の答えるのも万兵衛には悠長なものに聞えた。

それは、おととしだ、と彼は心中にさけんだ。二十四日は、おととしの夏殺された一子万太郎の命日であった。あれ以来、ほとんど家の外に出ない妻は、ただその子と姑《しゅうとめ》の命日の日だけ、月に二度、笊ノ目家の菩提寺のある雑司ケ谷のお墓に詣りにいくのを例としていた。どんな雨の日でも、風の日でも。——

彼は宙を踏む思いで、八丁堀に馳せ帰り、妻のおふくのいないことを確認し、奉行所に駈けつけた。

「万兵衛、先刻も安藤対馬守からお問い合せがあったが、東禅寺のほうはどうじゃ？」

これが彼を迎えた池田播磨守の第一の声であった。

「それは後刻御報告つかまつります」

さすがに万兵衛は怒りの眼で見て、奉行にいった。

「拙者の女房のことでござりまするが」

「おお、それよ」

奉行は公務にまぎれて失念していた小事を思い出した風で、きのうの朝の投文を見せ、かつ数人の手下を雑司ケ谷にやって見張らせていることを伝え、

「とにかく、人質の身に過ちがあっては困る。早ういってやれ」

と、いった。

笊ノ目万兵衛は若い同心を一人つれ、馬で雑司ケ谷へ駈けていった。馬上なのに、彼は足で走っているよりもあらい息を吐いていた。まったくこういうことがあり得ることに気がつかなかった自分の迂闊さと、こんな行為に出た人間の卑劣さに対して、憤怒に全身を熱くしながら。——おふくの身に何が起ったか、何が起りつつあるか、

それを考えると、逆にからだじゅうが冷たくなるようであった。

陀経寺というのは、彼の家の菩提寺ではなかった。廃寺であった。それは山門も朽ち落ち、墓石も累々と倒れて、ただいちめんに吹きなびく初夏の青草の中に、これまた半分倒壊したような陰惨な本堂の姿を見せていた。

「待て、そこでとまれ」

まだだいぶ距離があるのに、そこから声がした。縁側に人影が立って、こちらに呼びかけた。

「八丁堀同心、笊ノ目万兵衛よりほかの人間は来ることは相ならぬ」

といって、その男は刀を抜いた。覆面をしているが、浪士風だ。

「近づけば、人質を斬るぞ」

「人質を見せろ」

と、万兵衛は声をしぼった。

「おれが笊ノ目万兵衛じゃ」

「お。——」

向うは、覆面のあいだの眼をひからせ、ややのびあがって、

「おまえか。なるほど。——」

と、いって、ふりかえった。

「おうい、笊ノ目がついに来たようじゃぞ。人質を出して、見せてやれ」

雨戸の裂目のような暗い中から、やっと覆面の男二人が、女を両側からひきずりあげるようにして現われた。まぎれもなく、髪は乱れ、きものは乱れ、白蠟のような肌をあちこち見せた妻であった！

「おふく！」

と、万兵衛はさけんで、二、三歩走りかけた。

「近づけば斬る、と申しておるのがわからぬか！」

破れ鐘のような声が返って来た。刀身が動いてひらめき、妻の胸に擬せられるのを見て、万兵衛はたたらを踏んで釘づけになった。おふくは、そのままずるずるとまた内へひきずり込まれていった。

「たわけ、かようなことをして何とする？」

万兵衛は肩で息をしていった。

「天下の奉行所に敵対してどうしようというのじゃ。すでにこの寺のまわりはとり包んである。しょせん、逃れることは出来ぬではないか」

「そんなことは承知の上だ。そちらが天下の奉行所なら、こちらは天下の志士じゃ。死を覚悟せずしてこんなことに乗り出したと思うか。ただし、こちらが死ぬときは、むろんうぬの女房は道づれだぞ」

「女でも、志士十万の敵、鬼同心笊ノ目万兵衛の女房とあれば殺し甲斐があろうというものだ。しかも、うぬの犯した罪の天罰、うぬのため殉じた同志の復讐として、らくには死なせぬ。なぶり殺しだ」

万兵衛は戦慄し、声をのんだ。

「三日目じゃ」

相手は冷たい笑いのひびきさえ残していう。

「遅いではないか。少々、当方も焦《じ》れて、がまんの緒が切れるところであったぞ。いままで何をしておったのじゃ？」

「御用あって出かけ、知らなんだのだ」

万兵衛は痛恨の声をもらした。

「東禅寺へいっておったのか」

と、向うは聞いて来た、万兵衛ははっとしていた。

「うぬの面《つら》を見るのははじめてだが、音に聞えた笊ノ目万兵衛が東禅寺のまわりを嗅ぎまわっておる――という情報は耳にしておる。それでわれらも乗り出したことだ」

万兵衛は、自分がすべてをつかむまでは奉行にさえ報告することを控えていたのが正当であったことを知った。が――こやつらは、そこまでは知っている！　これを
「ひ、卑怯な！　女を。――」

如何《いかん》せん。――

「どこまで探った？」

「………」

「探ったことを、どこまで奉行に伝えた？」

「………」

「何でもいい。とにかく、今月の終りまで、奉行所を動かすな。おまえの手でじゃ」

「………」

「それを約束し、かつそのように実行されたことが確認されたら、女房は帰してやる。約束せい！」

「そんな約束は出来ぬ」

万兵衛はうめいた。

「公儀の役人が、うぬのような凶賊の指図は受けられぬ」

「そうか。――」

うす気味の悪い声が聞えたかと思うと、数分して、寺の中で、たまぎるような女の悲鳴が聞えた。万兵衛は躍りあがった。

「待て、殺しはせぬ。――来れば、殺す」

凄じい声とともに、白日の虚空に血の糸をひいて、白いものが一本飛んで来て、万兵衛の足もとに落ちた。肘から断ち切られた女の生腕であった。

「当方が本気で交渉しておることを見せつけてやったまでじゃ。……白状しておくが、こちらには医者上りの者もおる。むざとは死なせぬから、あわてるな」

「おれをやれ」

切断された腕を拾いあげ、万兵衛は胴ぶるいしながら身をもみねじった。

「おれがそこにゆく。おれをつかまえて、斬るなり焼くなりせい。女房は返せ！」

「おまえはいかん。おまえにはいまいった通り、奉行所を押えてもらわねばならぬ用がある。——聞くか？」

「聞く。奉行所は、おれが押える」

万兵衛はついに絶叫した。彼は大地に尻餅をついていた。つかんでいる片腕は、みるみる血色とあたたかみを失いながら、哀れにぶるぶるとふるえていた。——まぎれもなく、おふくの腕だ。

おふくは、彼とは十七も年のちがう若い妻であった。公務に忙殺され、かつ、いつ命を失うかも知れぬと考えて妻帯に意のなかった彼が、母の願いにまけてもらった女房だ。それも万兵衛らしく、彼女は、実は彼がまちがって捕え、獄死させた或る男の遺児であった。事情があって他家の養女となっていたおふくはそういう事情は知らない。万兵衛も何も語らない。しかし彼は、自分のやった仕事の中で、ただ一つ誤った例だと悔いている無実の死囚の遺児として、彼女にふかく責任を感じた。そしてまた、決して母の願いや彼の責任感によるばかりでなく、おふく自身が、その容姿のみならず、実に可憐な性質の持主であった。いつぞや万兵衛が対馬守に、「私の働くのはあの家族のため」といったとき、彼の見つめていたのはこの女房の姿であった。

　そのおふくが、何の罪でこのような惨刑を受ける？　いうまでもなく、この笊ノ目万兵衛の妻となったからだ。すでにおととし子供を父の職務のいけにえとして、彼女のはらわたをちぎれさせているのに、この上、この女をまさかなぶり殺しの目に逢わせることが自分に許されようか。

「条件が変った」

　覆面の志士は冷笑した。

「そちらの態度がよろしくないから、新たに条件が加わった。約束を守るか否か、うぬの誠意を見るために、もう一つ要求をする。……いまこちらより竹に巻いた紙を投げる。それに十人の名が書いてある。みろ、いま伝馬町の牢につながれておる志士の名じゃ。それを即刻釈放せい」

「なに？」

「一刻以内にその人々を牢から出してここへ寄越せ。そうすれば、おまえの誠意と力量を信じる」

そして万兵衛のところへ、竹に巻いた紙が投擲された。——いま条件が変った、といったが、すでにこんなものが用意してあったところを見ると、はじめからこういうことを要求するつもりであったことは明らかだ。

「きくか、きかぬか。——否、ならば、もう一本腕をやる」

「待て、待ってくれ！」

万兵衛は灼熱の鉄に置かれた獣みたいにはねあがった。

「その願い、ここでしたためて、奉行所にやろう。同心を一人呼んでよいか？」

「許す」

相手は傲然《ごうぜん》とうなずいた。

万兵衛は遠くにいた同心を呼び、矢立と紙をとり寄せ、事情をしるした手紙を託した。

別紙にある罪囚を釈放することを奉行に請い——かつ、口上で、後日万兵衛、解きはなったやからをいのちをかけて再逮捕するつもりでござれば、今日の儀、これまでの万兵衛の手柄に免じ、万障を押しておゆるし相成りたい、と伝えさせた。書き、かつしゃべる彼の手も口も幽霊のようにわななき、妻の片腕の血でも頬についたか、ながれる涙は血いろに見えた。

「馬でゆくのだぞ！」

同心はこれも蒼ざめて駈け出した。

無心の蝶さえ舞う夏の廃寺に劫苦《ごうく》の一刻が過ぎた。

一刻、さらにだいぶ過ぎて、蹄の音が聞え、同心一人だけが馬から下りるのが見えた。彼はさっきよりも、もっと蒼い顔で歩いて来た。

彼はひくい声でいった。

「お奉行さまは、御公儀の面目にかけて、左様なことは相成らぬ、笊ノ目万兵衛は気でも狂ったか、と仰せられてござる」

万兵衛の手から、つかみつづけていた片腕が落ちた。

そして彼は、寺の方へ歩き出した。それはすでにこの世の人間の顔色ではなかった。歩み方も、白日の下に、水の中を漂うようであった。

——いったい追加した条件がきかれなかったら、浪士たちはどうするつもりであったのか。そこでもはや断を下して、人質に第二の刃を加えたかどうかは疑問である、しかし、万兵衛はそこまで考える気力を失っていた。彼の忍耐力は極限に達していたのだ。さっきから、おふくのうめき声さえ聞えないではないか。——

近づいて来る万兵衛を見ては、何を考えていたにしろ、浪士側に新しい交渉を起すいとまはなかった。何よりも万兵衛の顔色が、最後の時が来たことを彼らに通告した。

万兵衛は、廃寺の縁側に上った。躍りかかって来た浪士の一人をそこで斬り落した。

彼は本堂に入った。そして、中で、三人の浪士を大根のように斬った。

おふくは、胸を刺されて死んでいた。

五月二十八日の夜、品川東禅寺を十四人の浪士が襲撃した。そして二百余人の護衛兵と乱闘の末、代理公使オリファント、長崎領事モリソンを傷つけ、幕兵三人を殺し、数人に重傷を与えたが、襲撃側も三人殺され、二人が負傷して捕えられ、二人が追いつめられて腹を切って死んだ。大惨劇である。

そして、半分の七人は血路をひらいて逃亡した。

「笊ノ目。――」

安藤対馬守から失態を叱責され、罷免を申し渡されて逆上した奉行は、その日、万兵衛を呼びつけて叱咤した。

「おまえは、この挙のことを知らなんだのか?」

万兵衛は、何も奉行に告げなかったのである。彼はただ平伏した。

「おまえは春から東禅寺へいって、何を探索しておったのじゃ。笊ノ目万兵衛ともあろう者が、言おうようなき怠慢沙汰、この役立たずめ!」

万兵衛は一語も弁解せず、依然として寂《じゃく》とひれ伏しているばかりであった。

七

年を越えて文久二年一月十五日。

「増訂武江年表」によれば、「正月元日雪ふりつもり尺に余る。廿日ごろまで消えず」とあるから、おそらく江戸の大地にはなお雪があり、その雪を吹く風は粛々として冷たかったことであろう。

ちょうど式日で、やがて閣老安藤対馬守の登城の行列が通りかかる直前――坂下門めがけて急ぐ七つの影があった。

笠の下の顔の中に、去年五月東禅寺を襲い逃亡した水戸浪士黒沢五郎、高畑房次郎があったと、知る者が知ったら、あっと仰天したであろう。

いや、知る者はあった。七つの饅頭笠の下に、八丁堀同心笊ノ目万兵衛の顔があった。しかし、若いテロリストにまじってただ一人、やや年をとったその顔は、驚きどころか、沈痛でひたむきで悲壮な、同じような決死の色に凍りついていた。

そもそも彼は、どうしたのか、どこでかつて自分が追った水戸浪士たちとまた知り合い、どうしてこの叛逆の挙に加わったのか。――

すべては謎である。

冒頭にも記したように、襲撃者は全滅した。井伊大老の例にかんがみ、対馬守はえりぬきの剣士三十余名をもって駕籠脇をかためていたのである。

その中で、駕籠に一刀を突っ込み、対馬守を傷つけたが、その刹那背後から供方の乱刃を受けて殺されたという男の顔をあとで見て、対馬守は信じられない表情をした。屍体を改めると、晒《さらし》の腹巻は鮮血に染まり、そこに巻きこまれた白絹に文字が残っていた。見憶えのある十三の文字のうち、乾いて黒ずんだ血痕のためか、一字だけ違って、次のように読めた。

「雪の日やおれも人の子樽拾い」

この屍骸のことは、永遠に伏せられ、坂下門外の変の刺客はただ六人ということになった。

明智太閤

のちのちまで、そのことを思い出すと、太閤自身、天意というものに一脈の肌寒さをおぼえる。

若しもあのとき、本能寺の変の第一報が敵方に入っていたら？

一

天正十年六月二日未明、本能寺にあがった炎と叫喚に、界隈の人々はおどろいて起きあがったが、三条の茶屋《ちゃや》四郎次郎《しろうじろう》の寮でもその例外ではなかった。はじめ、ただの近火かと思い、それが本能寺であることに気がつき、さらに凄まじい矢うなりと刀槍のひびきに、次第に四郎次郎の顔色がかわっていった。様子をみにかけ出していった使用人たちも、すぐににげもどってきた。殺気にみちた武者たちに追いかえされてきたのである。最初の知らせをもたらしたのは、信長《のぶなが》の茶道衆長谷川宗仁《はせがわそうにん》であった。

「たいへんです」

「お、宗仁さん、いったい何事が起ったんです」

「明智《あけち》の謀叛です。たいへんだ、たいへんなことになってしまった！」

「えっ、では右府さまには――」

宗仁はそれにはこたえず、四郎次郎にしがみつくようにして、

「御主人、飛脚を貸して下さい。この場合、織田《おだ》家の飛脚をさがしているひまがありません。それで、そうだ、このおうちならばと気がついてとんできたのです。寸刻もあらそう使いです。はやく飛脚を貸してください」

「飛脚——ど、どこへ？」

「備中陣の羽柴筑前《はしばちくぜん》どのへ」

茶屋四郎次郎は庭にむらがってさわいでいる人々のうち、ひとりの男の名をよんだ。主人によばれてかけてきたその男の足は筋肉が黒びかりして、異常に長かった。四郎次郎が彼に用をいいつけているあいだにも、宗仁は縁側に腰をかけて、もらった紙にふるえる矢立をはしらせている。

「宗仁さん、ここから高松まで、およそ七十余里、それをこの男なら一日半で走りとおしてみせるといっています」

と、四郎次郎はいった。

すぐに兇変を知らせる書状は状筥におさめられ、その男の背にかつがれて、疾風のごとくかけ去った。茶屋四郎次郎は堺の納屋衆で海外貿易を家業としている。それで、堺とか、博多とか、京とか、一日を争って連絡する必要があるので、そんな飛脚をやとっているのだが、それにしても七十余里を一日半でゆくとは超人的な脚力であった。

「四郎次郎」

うしろで呼ばれて、茶屋四郎次郎はふりむいて、はっとした。そこに十六七の異様なばかりに美しい娘が、真っ黒な瞳をひろげて立っていた。

「お茶々《ちゃちゃ》さま」

と、四郎次郎はあわててその娘をおしもどして、

「おちついて下さいまし、えらいことになりましたが、どうにもなりませぬ、いまのところは、どうかこのまま、じっとなさって――いや、明智衆の眼にかかって、万一のことでもありましたらいけません。お茶々さま、どうぞ奥へ――」

おしもどされながら、西空の、いまにもここへ燃えうつってきそうな炎を、恐れる風もなくその娘は見あげていた。

信長の姪お茶々さまである。ふだんは未亡人の母といっしょに尾張の清洲城内にくらしているが、こんど伯父の信長が三日ばかりまえから安土から京都にやってきて、すぐに中国へ出陣してゆくというので、それを見おくりがてら京見物をするように母からゆるされて在京していたのであった。信長でさえ京に特定の宿舎がなく、本能寺に泊っているくらいだから、彼女が有名な富豪の茶屋四郎次郎の寮に託せられたのは、決して不自然なことではない。

お茶々は素直に人だかりからはなれたが、庭の泉水のそばにくると、ひとり不安そ

うにあとについてきた小柄な老人をふりかえった。

「源八爺《げんぱち》や」

「はい」

「いまの飛脚に追いつくことができるかえ？」

「一日半で七十里はしると申しましたな」

老人は、指をおり、かるく足ぶみした。

「おそらく。――」

お茶々の陶器のように白い顔に朱がさしたが、それは燃え狂う炎の火照か、血潮のいろかわからなかった。

「追って、あの飛脚を殺し、書状は毛利におとどけ」


空は暗いのに、大地はひかっている、墨のように渦まいてながれる雲の下は、渺々たる泥湖のひろがりであった。ところどころ点々と黒く浮いてみえるのは、森のいただきだが、そのまんなかに、いまにも沈みそうに小さな城があった。毛利方の最前線、高松城の惨澹たる姿だ。これをめぐる百八十八町歩の泥湖は、城の抵抗に業をにやした羽柴秀吉が足守川、長良川、長野川などをせきとめ、流れを変えて、五月十九日の一夜につくり出したものであった。

毛利《もうり》勢四万の大軍が来援したのは二十一日のことである。わずか二日の差で救援軍はこの人造湖の汀にくいとめられた。わるいことに、中国路に豪雨がふりつづき、湖の濁流は渦まきかえって、さすが毛利の精鋭も、むなしく水中の城を遠望するばかりであった。が、拱手してすごせば、刻々ふえてゆく水に城は没するのみである。いや、それより、信長自身大兵をひきいて出撃してくるという情報があり、五月末、ついに割地をみとめる代り、城兵の生命を保全する条件の和議を提出した。秀吉はこれを拒絶した。城将清水宗治《しみずむねはる》の誅戮はゆずれないというのである。毛利方は憤然として話は物別れになった。

そしてきょう、六月三日、雨はあがりはじめた。三万の羽柴軍は、湖の西岸に四万の毛利軍が、船やら筏やらくみたてて、しきりにうごきはじめたのをみた。やむなく毛利が戦闘準備にとりかかりはじめたのはあきらかであった。夜に入って、「いよいよ警戒を厳にせよ」という命令が秀吉から発せられた。

うすい月さえ出たその夜半。――羽柴軍の歩哨線に、まろぶようにかけていった影がある。ただし、後方の東からだ。そのため、それをみた哨兵もとっさの判断をうしなって、はっと眼を凝らしているうす闇に、

「もしっ羽柴さまの御陣はこのあたりですか。筑前守さまの御本営はどこに――」

絶叫が、そこでぷつんと弦でもきったように消えると同時に、影はもんどりうった。

「何だ」

「何ごとが起ったのだ」

数名の哨兵がその方へかけるよりはやく、もうひとつの影がやはり東方から疾走してきて、たおれた影の上にとびかかると、何やらうばいとった気配であった。とみるまに、たちまちとび立って、殺到する兵士のまえから、横へにげ出した。

「怪しい奴だ」

「待てっ」

抜刀して追いすがる哨兵より、にげる影はふいごみたいな息をはきながら、もっと疾かった。ひとり、たおれていた影をひきずり起して、その背に異様な武器がくいこんでいるのを発見した。ぬきとってみると、半月のような錐である。忍者独特の大坪錐という道具だと知れたのはあとになってからだ。これに刺された男は、もう死んでいた。

「曲者だっ」

「のがすな、待てっ」

「そっちは泥の海だぞっ」

ののしりながら追撃する前方からも、いたるところ哨兵がとび出す。二三度とらえかけたが、影は敏捷にそれをくぐりぬけ北へはしった。そしてにぶくひかる泥湖のふちまでかけつけると、いちどふりむいた。ほそい月にその男の髪が銀のようにひかるのをみて、すぐうしろまで追っていた兵が息をのんでわらじを土にくいこませたとき、その老人は水けむりをあげて湖へとびこんだ。

　十四五人も水際にかけつけてきた哨兵から数条の赤い火線が湖面にたばしった。が、うすい月に渦まく泥湖は、人影やら浮流物やらしかとみえず、そのうえ、その月影さえもまた密雲に閉じられてしまった。

二

　この怪事に色めきたった羽柴の哨戒線に、もうひとりの怪しい男がかかったのは五日ひるすぎのことである。それは鴉天狗みたいな顔をした修験者であったが、弁解の言葉もきかずに屯営にひかれていって、無数の槍の柄でたたきのめされた。その痛みより、屯営のただならぬ様子から、すぐに彼は絶望的になったらしい。明智日向守《ひゅうがのかみ》から毛利へゆく使者であることを白状した。

　鞘よりも二三寸みじかい戒刀の鞘のおくから、小さく折りたたまれた書状を読んで、調べにあたった部将の総身から血の気がひいた。六月二日、悪逆無道の信長を討ちとった。しかれば日向守近日に羽柴筑前追討のため発向するつもりであるが、そちらと中にはさんで、筑前にぬき足させず討ちとり申すべし、その上はいかようにもお望みに応じ候わんとかいた明智の毛利への秘状であった。

　これをみて、秀吉は驚倒した。一時間あまり、呆然自失のていであった。やがて、黒田官兵衛《くろだかんべえ》、浅野弥兵衛《あさのやへえ》、蜂須賀彦右衛門《はちすかひこえもん》ら帷幕の臣たちがぞくぞく呼ばれてからも、湖を俯瞰する立田山の本営は、数時間、そこに入った人間はみな死にたえたかと思われるくらい寂としていた。

　敵にのしかかっていたところを、ふいに大地を崩されたようなものである。常人ならば失神状態におちいるところだ。しかし、この十死に一生もない窮地に、実に途方もない大ばくちをうち出したのは、さすがは秀吉であった。このまえ毛利方の申し出た条件のうち、領土はいらぬ、ただし、織田の面目にかけて、清水宗治のみに切腹させろ、それならば和議はうけてもよいという高飛車な申込みなのである。

「では、さっそくにも、安国寺《あんこくじ》を」

　と、たちかける弥兵衛を、

「待て、夜に入ってにわかに呼び出せば、安国寺も敵も不審の気を起そう、肚をしずめて、明六日まで待て」

「そうです、筑前どの、敵が不審の気を起す——しかし、敵の手にすでにこの兇報、敵にとっては快報が入っておりますまいか。昨夜、哨戒線をのがれて湖へとびこんだ曲者が気にかかるのですが」

と、黒田官兵衛が不審げにいった。

「うむ、それはわしにもちと気にかかる。しかしな、この明智の書状によると、この兇変の起ったは二日の朝であるぞ。それが一日半で京からここまで七十余里とんでくるるとはかんがえられぬ、明智の密使がせいいッぱいのところであろう。ましてや、湖へとびこんだ曲者は白髪の爺いであったという。いよいよ以て無縁のものとみる。おそらくあれは、盗賊同士の争いではあるまいか」

と、秀吉は断じた。

こちらからさし出した手をむこうがにぎるかどうか――和議なるや、疾風のごとく兵をかえすという奔放不敵な奇策が成功するかどうか――そのための最低条件は、信長死すという悲報を断じて敵に知られてはならないのだ。すでに哨戒の網の目は蟻一匹ものがさぬほど張られていたが、一方で、味方の兵にすら、撤退の瞬間まで秘密をたもたなければならぬ。なかんずく、毛利方から先日来の和議の談判にきて、その不調になおみれんをのこしてこちらの陣中にとどまっている外交僧安国寺恵瓊《えけい》に知られてはならぬ。明智の密使は即刻ひそかに斬るように命じて、秀吉は席を立った。

すでに深夜であった。幕のむこうでは、すぐに放胆ないびきがきこえた。いつのころからか、じぶんに天運がついていることを確信しはじめている秀吉であった。信長の死をきいて、一時は自失したものの、いまや密議の席ではすでに眼に笑いのひらめくのを一同はみた。この大兇報すら、もはやおのれの天運のひとつにかんがえていることはあきらかであった。

翌六日朝、安国寺恵瓊は毛利方へもどっていた。敵陣営に属する人物ながら、はやくより秀吉に眼をつけて、秀吉に天運ありという信仰をうえるのにもっとも影響をおよぼした怪僧である。

しかし、小舟にのって、湖をわたり、毛利の陣営にちかづいてゆくにつれて、彼の背に理由のわからぬ妙な不安感がしのびよった。いつのまに作ったのか、いや、そのいくつかは、おととい、きのう、織田方の陣営で遠望したが、それからは想像もつかないおびただしい筏が、濁水にひたる森蔭に隠顕しているのである。それよりも、毛利の陣営そのものに、曾て見たことのない、天もつくような壮気と戦意が波うっているのが感じられるではないか。何が起ったのか、見当もつかない。

「小早川《こばやかわ》の殿はおられるか」

舟とともに心の動揺をおぼえつつ、安国寺は岸にちかづいてよびかけた。

「織田方より、安国寺帰陣つかまつった。先般来の和議の件につき、あらためて話合いいたしたいことがあるとのことです」

岸につくと同時に、向うから扈従をしたがえて、小早川隆景《たかかげ》がゆっくりとあるいてきた。

「安国寺か。ちといそぐことがある。この場できこう」

と、彼はいった。いったい最初の和議はこの隆景と安国寺の方寸から出たもので、父の元就《もとなり》に似て温厚篤実そのもののような面貌に、いままで恵瓊のみたことのない凄じい気魄があった。

安国寺恵瓊は、すでに気をのまれて、秀吉の新しい条件をのべた。

「筑前は狂人か」

穴のあくほど恵瓊の眼をのぞきこみながら、ききおえて、最初に隆景の口からもれたのがこの言葉であった。

「右府を討たれて逆上したか。それとも、あの猿冠者め、苦しまぎれの鬼面でわが方の胆をひしごうという子供だましの悪知恵をしぼったか？　もはや、すべては承知だ、その手はくわぬ！」

気死したような安国寺は、殺到してきた雑兵に両腕をとられ、隆景のまえにひきずられていった。

「それにしても安国寺よ、そちは毛利のために敵営に使いしながら、いつのまに筑前の犬となったか。それほどの大事を秘して、何くわぬ顔で左様な白痴の話をうけてもどるとは、あきれはてて二の句がつげぬ。それが毛利に過ぎたるものと評判たてられた安国寺のすることか」

「右府——右府が討たれましたと？」

恵瓊はあえいだ。けれど脳裡には、昨夜から秀吉の本営にながれていたただならぬ空気を思い出して、さては、と驚愕していた。不覚といえば大不覚、迂闊といえば大迂闊だ。しかし、だれがそのような大変事を空想できたであろうか。

「うそです。筑前が、それほど手ひどく拙僧をあざむくものとは存ぜられぬ！」

「うそか、まことか、あの世へ参って信長にきけ。いいや、やがて筑前も追いおとしてくれるゆえ、地獄で筑前に恨みをのべよ。裏切者！」

隆景の陣刀が一閃して、安国寺の首はまえにおちた。その血のしずくを刀とともにたかく宙にあげて、隆景は吼えた。

「よし、討って出でよ、右府信長はこの世にないぞ、敵はすでに喪神しておる。恐れるな、ひるむな、一押しすれば崩れるは必至、崩れたらばまっしぐらに、ひとりのこらず追い殺せ！」

その声がりんりんと湖の果てまでひびきわたると、穂すすきのような刀槍と雄たけびを盛った無数の筏が、対岸めがけて漕ぎ出された。

突如として秀吉が、鼠みたいににげ出したのがわるかった。

顔も鼠に似ているが、それに似げなく豪気で陽性なこの人物にはめずらしい醜態である。——もっとも、まっさきに馬で駆けながら、「かまうな、毛利に手出しするな、京にこそ大事がある。おれのあとからこい、おくれるな、いそげ、いそげ！」と叱咤の声を風にのこしてはいったのだが、何もしらされていない羽柴の将兵の大半は、ただあっけにとられるばかりであった。

もっとも、秀吉が狼狽したのは当然だ。本能寺の難を知った直後、彼の何より戦慄したのは、ここに膠着して、明智軍との挟みうちとなることであった。だれよりも、光秀《みつひで》自身が毛利にその決意をつげているのである。その運命をのがれる唯一の方途は、一刻もはやく上方へもどって、織田の諸将をみずからの手に糾合し、優勢の裡に明智と相対することにあった。といって、なんの策もほどこさずに退却を開始すれば、毛利の追い討ちをうけるは必定である。そこで、まず当面の敵の胆をぬいておくべく、のるかそるかの大ばくちをうったのだが、事態は最悪の相を以て酬いてきた。策士策にたおれるの趣きがあって、こういう結果になるならば、最初に事変を知った四日の未明になんのためらいもなく撤退作戦にうつるべきであった。

彼がまっさきかけてとび出したのは、むろん毛利をおそれてではなく、この最初の考えに敏速にもどったからである。恥も外聞もあとになればすすげることだ。何か一事に失敗してもそれに拘泥せず、涼しいばかりの回転速度を以て新しい方策にのりかえるのは、秀吉の一大長所に相違なかった。——しかし、あとにのこされた将兵こそ災難であった。

　秀吉の遁走もしらず、ござんなれと毛利軍を迎撃しようとしていた将兵は、このときようやく、「右府さまが亡くなられたのだ。信長公が明智に討たれなされたのだ」という地震《ない》のような声にゆりうごかされた。

　ひとたび潰乱におちいった部隊の退却ほど惨澹たるものはない。雪崩をうって敗走する羽柴軍を、またふり出した六月の雨しぶきが無情にうちたたいた。河はあふれていたるところで道を絶ち、追いすがる毛利勢の鉄蹄の下に血泥になった。これがいかに悲惨な退却であったかは、三万の羽柴軍が、秀吉の本城姫路にたどりついたとき、実に一万を相当下廻っていたことでもしれる。すくなくとも、九日の朝、秀吉が疲労困憊した痩軀を姫路城になげこんだ前後にはそうであった。気だけはあせりながら、高松から姫路まで二十里の路に三日を要したのは、この河の氾濫と敵の追い討ちに足をからまれたせいである。

　それも秀吉には覚悟のまえであった。しかし、彼の心にはじめて暗澹とした風が吹いたのは、自負にみちた彼が、或る意味では自分以上に買っていた謀将黒田官兵衛を失ったことをきいたときであった。ちんばの官兵衛は、毛利軍がようやく追撃をあきらめた備前の辛川までやってきてから、落馬して、うしろにつづく馬の蹄に脾腹を蹴られて落命したという。そして――「ちぇ、猿めの猿智慧にうかとのって、あたら天下取りが野たれ死するわ」という自嘲が、雑巾のような唇からもれた最後の声だというのであった。

惜しい人間を殺した、と思う。信長の死には泣かなかった秀吉も、じぶんと背中合わせの双生児みたいに相似した頭脳、死生観をもっていた官兵衛の死には落涙した。――が、これもまた、この戦国の世にはあり得ることだ。さむらいはだれでも、おれだけは死なぬと思っているが、死ぬときにあえば、だれでも死ぬ。とはいえ、官兵衛にはきのどくだが、秀吉だけはべつだ。おれには死ぬときはこぬ。それはおれの確信のみならず、天のこころだ。げんにおれはちゃんとこうして生きぬいておる。

それにしても、あの官兵衛が、最後に愚痴をこぼしたというのは可笑しかった。おれだけは、どんなことがあっても泣きごとは吐かぬ。それだけでも官兵衛とはちがう。――官兵衛、やはり、天下取りのほんものはおれだ。

秀吉は、彼特有の天空海闊の笑顔のまま、眠りたらぬ眠りに、ぐうぐうとまた入ってしまった。

三

秀吉が迅雷の行動をふたたび開始したのは、十日の夜明け前からであった。彼のみは前日の夕刻には眠りからさめて、蘇ったような活力を回復していたのだが、あとの将兵が泥のように疲れはてて、棒でぶってもたたいてもうごかなかったのだ。

姫路から明石へ、兵庫へ、尼ガ崎へ――十二日、河内の富田に進出するまでは神速であったが、ここではじめて秀吉は真の蹉跌に気がついた。期待していた織田方の諸将がほとんど参陣しないのである。

光秀の娘を嫁としている丹後の細川藤孝《ほそかわふじたか》、忠興《ただおき》父子がこないのは当然として、大坂にある織田信孝《のぶたか》、丹羽長秀《にわながひで》、有田の池田勝入斎《いけだしようにゆうさい》、摂津の中川瀬兵衛《なかがわせひようえ》、高山右近《たかやまうこん》ら、すべて或いはすくみ、或いはすでに明智の側に寝返っているのだ。秀吉の急使に彼らはすべていった。

「筑前どの、一日おそかった！」

それは、一人がひかれ、二人がくずれ、はてはことごとくが浮足だったことの弁解もあったが、たしかにそれも事実であることが看取されたのである。たとえ光秀が逆賊であるにせよ、過去の実績、現在の声望からみて、正面きって光秀に対抗できるものはひとりもない。「一日おくれた」――わずか一日、しかし、あの大変事以来、これにかかわる諸将すべて一日の狂いによって全運命を狂わせる危急存亡の事態におちいったのだ。そのもっとも典型的な例が山城の筒井順慶《つついじゆんけい》であった。彼は最後までにえきらず、むしろ一時は光秀と絶つ決意までしていたが、きのう十一日まで、山城と河内の境にある洞ガ峠まで出張して彼にせまった光秀に、ついにひきずりこまれてしまったというのであった。

一日ちがい！

秀吉はふと虚ろになった眼を、やがてたたかうべき敵のいる東の空にではなく、あとにたたかってきた西の空になげた。毛利に小細工をした酬いが、恐るべき明瞭さを以ていまあらわれてきたのである。時日と、兵力と――すべては、あの策略がこっぱみじんにくだかれたことからくるつまずきだ。彼の天才が成功することを直感したあの奇策が、みごとにうらをかかれたのは毛利がじぶんよりさきに本能寺の変を知っていたことによる。それを毛利に知らせた者はだれか。

事態がことごとく期待からはずれてゆくので、焦燥ににえくりかえるような富田の屯営に、信長の茶道衆長谷川宗仁がかけこんできたのもその十二日であった。事変はじぶんのたてた飛脚によって知ったのか、というのである。「左様なものは知らぬ」と、秀吉はめずらしくふきげんに一喝して追いかえしたが、いまふと彼の虚ろになったあたまをかすめたのは、三日の夜、高松の哨戒線で殺された男と、にげた男のことだ。殺された男が宗仁の飛脚にまちがいないと思われた。しかし彼を殺して湖ににげた老爺は何者か。それはさすがの秀吉にもまったく見当がつかない謎であった。おそらく毛利に告げたのは、その老爺だ。じぶんをこの大苦境におとし入れたのは、その魔のごとき怪老人に相違ない。

　しかし、彼のあたまは、過ぎたつまずきをすぐ捨てた。それを呪っておれる場合でもなかった。局面は文字どおり一刻ごとに悪化しつつあった。もはや、二度と退却はできぬ。織田家の四天王、柴田、滝川とならぶ明智が、やはりその一人と目されたじぶんを他の小大名なみに大目にみるものとは思われぬ。それどころか、野と巷からともに身を起した木下藤吉郎《きのしたとうきちろう》、明智《あけち》十兵衛《じゅうべえ》の時代から、いまの羽柴筑前、惟任日向守《これとうひゅうがのかみ》の栄光に照らし出されるまで、その立身のはやさから、いずれの天運強きやと、ひともおのれ同士も生涯の好敵手と目されてきたふたりである。しかも近来急速にじぶんの側に陽があたり、むこうの側の日あたりがわるくなってきた相手であった。光秀がどんなに深刻な嫉妬の眼でじぶんをみているか——いや、急遽、中国から陣をかえしたじぶんの意図をいかにさかんな闘志の眼でむかえているか、それは山崎のむこう円明寺川一帯にかけて、雲霞のごとき大軍を集結しつつあるという情報でもあきらかであった。

　明智本来の兵力、一万六千、これに高山二千、中川二千、池田五千、など確実にその陣営に加わったもののみを加えても総計二万五千。これに対して孤軍の味方は、なお中国陣の傷癒えぬ一万足らず。絶体絶命であった。

しかし、それで意気屈する秀吉ではなかった。彼のあたまを田楽狭間に於ける信長の乾坤一擲の快勝がかすめすぎた。狭間——はざま、京と大坂をむすぶ山崎街道こそ、天王山と淀川にはさまれた典型的な隘路だ。寡を以て衆をうつ絶妙の戦場が光秀とじぶんのあいだにある。

「惟任——なんじの天運と、わしの天運と、どちらが最後に笑むかまだわからぬぞ。主君を害して、かたむきかかったなんじの天運を一挙に中天におしあげようとしたことがそもそもむりだ、不自然だ」

秀吉の眼が電光のようなひかりをおびてきた。彼は命じた。

「天王山を乗っ取れ」

明智の桶狭間は本能寺だ、と光秀はかんがえていた。

先天的に肌があわなかったせいもある。そのことにひとたび鋭敏に気がつくと、徹底的に相手をいためつけずにはすまない強烈な意志の犠牲となってかぞえきれぬほどあびせかけられた恥辱や怨恨の想い出もある。しかし、とうてい抵抗はできないと思っていたあの恐ろしい独裁者を、一夜にして夢まぼろしのごとくかき消した可能性の根源は本能寺にあった。いやそのみごとな結果よりも、そもそも、信長が扈従わずか四五十人の軽装で本能寺に泊るということを知ったとき、光秀の全身をはためきすぎた最初の霊感にあるといってよかった。

　悪夢につかれたようにその一夜に脳漿をしぼり、それがあまりにもあっけなく成功したあと、一日ばかり光秀はむしろ虚脱状態におちていた。突如としてその虚ろな体内に現実的な野心がふくれあがってきたのは、そのあとである。彼はたちまち織田家随一の智将といわれた本来の面目を発揮しはじめた。いや、それどころか、彼はすでに、まさしく天下様であった。変後の掃除に少々手がかかるが、いまじぶんのやってのけた大仕事にくらべれば何であろう。

　三日には安土に入って城を収めると、ただちに京へひきかえして、八方の大小名に懐柔と威嚇の矢をなげはじめた。最初計算していたとおり、もっとも警戒すべき柴田は越中に、滝川は上州に、そして羽柴は備中に、それぞれ当面の大敵に釘づけにされて、とっさに反転できるはずはなかったし、あとにのこった大小名は、案のごとくであった。そのなかでいちばん光秀を笑わせたのは、信長に招かれて上洛し、そのあと堺にあそんでいた家康が、あの変事に胆をつぶして三河に逃げもどろうとして、途中伊賀伊勢の国ざかい加太越えの難所で土賊のために殺されたという情報であった。一方で光秀は朝廷に供物を献じ、五山の寺院にそれぞれ贈遺し、洛中の地子銭を免じて上下の甘心を買うことを忘れなかった。一日彼の陣営に地子銭免除の礼に町人たちがやってきて、ちまきを献上したとき、ふと心ゆるんで笹ごと口に入れたことまでも、なんとなく大気で愛嬌があると市民の好感を得たくらいである。

その順風満帆の光秀の船のゆくてに、波があがったのをみたのは、九日、秀吉が兵をかえしてすでに姫路に入ったという情報をうけたときである。羽柴がどうして毛利から足をぬいたのか、やや意外で光秀は動揺した。しかしそれが強引な撤退作戦で、敵の追撃と道中の剣難のために、かえったのは半死半生の三分の一足らずの兵だときいて、さもあろうと手をうって笑った。ゆだんのならぬ男ではあるが、しょせんは倶に天をいただかない相手である。時をかして、秀吉特有の奇策をめぐらされるよりも、いま意気天をつくじぶんに、のぼせあがってとびかかってくる猿冠者は飛んで火にいる夏の虫といえた。光秀は大々的にこれを迎撃する戦闘準備にとりかかった。

十三日、御坊塚の本陣にあって、羽柴軍の動静をみていた光秀は、一万の敵が猛然として山崎の隘路に入ってきたという伝騎の報告を受けて、

「筑前は狂気したのか。――なんじの天運はきわまったり」

と、これまた眼を電光のごとくかがやかせて立ちあがった。彼は命じた。

「天王山を乗っ取れ」

火ぶたの切っておとされたのは午後四時ごろであった。梅雨どきではなかったが、無数の黒雲が疾風のごとくながれ去り、日と翳の交錯する天王山に死闘がくりひろげ

られた。しかしそのはげしさに反して、たたかいはみじかかった。明智の二万五千と羽柴の一万、明智の方が一万の兵をあげて羽柴がこれに対抗しようとすれば、かんじんの本陣は無人となるわけである。勝敗はたたかわざるにすでにあきらかであった。

――その日の深夜、宇治から山城の方へむかって、這うように山中をさまよってゆくふたつの影があった。ふたりとも鎧は血泥によごれ、ひとり杖についた刀はきっさきが折れている。雲間から出た月がその凄まじい姿を蒼く染め出した。これはたたかい敗れた羽柴筑前とただひとりついてきた小姓であった。

月は樹間の草むらの中に、地におちている小さな桃をも照らし出した。秀吉はふいにかがみこむと、それをひろいあげて口にもっていった。

「殿、お待ち下さいまし」

と、あわててとめた。

「なんじゃ、佐吉《さきち》」

「それはまだよく熟しておりませぬゆえ毒でござります」

「たわけ、いくさにまけた大将が毒忌みをして何とする」

小姓の石田《いしだ》佐吉は流血と饉餓にゆがむ表情のうちにも、利発げな眼をかがやかせていった。

「そうではございませぬ。大将たるものは、たとえ首をはねられるときまでも命を大切にして、あくまで本意をとげようと努めるべきではございますまいか」

秀吉は、返事もせずに坐りこんで口をうごかしていた。かたい山桃を夢中でかじっている主人の顔を何かに似ていると思い、佐吉は落涙した。

「本意か。――」

と秀吉はようやく桃をたべおえてつぶやいた。

「もし大将の本意というならば、わしは山崎で討死すべきであったろうな」

「そうではございませぬ。生きかわり、死にかわり、どこまでも再挙をはかるのがまことの武将でございましょう。殿、しっかりなされませ、いつもの殿のようではありませぬ」

「まことの武将――では、おれはないようだ。すくなくとも、武運の星はついておらなんだようだ。おれは大ばくちをしくじったよ。しかし、だから、おれは生きのびたことを恥とは思わぬ。おれはもともと野から出た男だ。いまこの山の気を吸い、山桃をかじって、三四十年のむかしを想い出した。野にかえるのも、わるくはないな。……」

秀吉は腰がぬけたように坐ったきり、いつまでもうごこうとしなかった。

四

太閤光秀が、本能寺の変の第一報が敵の秀吉の手に入らず、毛利の手に入ったわけをはじめて愛妾の淀君《よどぎみ》の口からきいて、一脈の肌寒さをおぼえたのは、それから五年後のことであった。

わずか五年のあいだに、世は、これが信長の君臨していた世とおなじものかとじぶんでもふしぎなぐらい変った。世間には、どこか武士らしい折目ただしさをもちながら、知性と優雅を失わない文化が咲き匂っていった。こうまで天下が泰平になったのは、本能寺変後、秀吉、家康、黒田官兵衛など、一波瀾起さなければおさまらない野心家たちが死んだせいもあるがやはり人心が信長の鉄血政治に戦慄して、心から平和をのぞんでいることをみぬいた、じぶんの低い姿勢の施政にあったと思う。毛利はもとより、南の果ての島津やら、北の果ての伊達までが存外やすやすと慴伏したのも、しょせんはこの世の潮に抵抗することができなかったせいであったろう。柴田勝家《しばたかついえ》にしてもそのとおりなのである。それに聡明な光秀はすべて先手先手と粗放な柴田の意気をくじいていった。柴田が以前から恋着していた信長の妹お市御寮人《いち》を彼に再婚させる世話をやいてやったのも光秀であった。お市の方に対しては、柴田のみならず、じぶんも、はては可笑しいことに、あの猿までも憧憬していたので、すこし残念であったが、しかしそれまで髯をくいそらせて不平満々の表情をしていた柴田が急に泰平をたのしむ顔に変ったのは、たしかにその結果にちがいなかった。お市の方を再嫁させるのと同時に、彼女が最初にとついだ夫で信長に攻めほろぼされた浅井長政《あざいながまさ》とのあいだに生まれたお茶々とふたりの妹をひきとって、淀の城に住まわせたのは、光秀の信長に対する罪ほろぼしのこころからである。

まるで天寵の化身のごとく、じぶんのゆくところ栄光と幸運の夕映がついてまわるようになると、いっときは信長の世にのこしたものすべて打ちくだきたいとさえ思われていたものも、寛大にみとめるようになったのも、次第にわいてきた仏ごころからである。

切支丹の教会や伴天連《バテレン》もそのひとつで、それには光秀がその一点だけ信長と共鳴する近代性のゆえもあったが、もうひとつ細川忠興《ただおき》のところに嫁にいった娘のお玉《たま》が、いつのころからか洗礼をうけて、教名も伽羅奢《ガラシャ》と名のる熱烈な切支丹となっているのにひかれたせいもあった。そのせいでいまでは、京洛に黄金の十字架をそびやかす壮大な教会も二三にとどまらない。

光秀がお茶々を愛妾としたのは、一年ばかりまえのことである。淀の城へ何かの用でいった伽羅奢が、また別の用で父にあったとき、ふと、

「お茶々どのはこわい方ですね」

と、つぶやき、その意味をきくと、

「どういってよいかわかりませんが、あのお方にはすこし悪魔的なところがあります」

と、いよいよわけのわからない返事をしたのに、ふいと好奇心を起して、一日淀の城へ出かけてみたのがはじまりであった。

お茶々はそのとき二十一になっていた。光秀は若い日のお市の方があらわれたのかとびっくりした。いやそれより、この世のものならぬ美しさに息をのんだ。この絶世の美姫が淀の孤城にだれ手折るものもなく咲いているのをみて、光秀の心はいたんだ。といって、だれか余人のものとする気持はいよいよなかった。伽羅奢のいうことはあたっているのかもしれない、と光秀がこころにさけんだとき、光秀はすでに欲望の悪魔にとらえられていた。

本能寺の変という凄まじい狂乱の炎を生涯にただいちどもえあがらせたきり、それ以前にはいくたびか信長から「日向の分別面」とからかわれ、それ以後はますます分別の皺をふかくしている六十歳の光秀に、二度めの炎をあげたこの欲望は、まさに悪魔的な力をもっていた。彼は彼女を愛妾とした。

伽羅奢はお茶々をこわいひとといったが、光秀はしかし幸福の絶頂にあった。六十になって、はじめて女というものを知ったような気さえした。いまの光秀の小さな心配は、もし淀のお茶々に男の子でも生まれたら、二年前関白をゆずった養子の忠興をどうしようということくらいであった。彼のふたりの男子はひとりは病死、ひとりは山崎のたたかいで死んで、すでに世になかったからである。

さて、太閤光秀が、淀君の口からはからずも本能寺の飛報にからまる秘密をきいたのは、梅雨にけぶる夜ふけの閨の中であった。

光秀は、淀君への愛がたかまればたかまるほど、彼の心にしみこんでゆく或る不安をふと口にした。

「そなたは、伯父御を殺したわしにこう抱かれてねて、くやしいとは思わぬか」

「くやしくはございません。信長はわたしの父を殺した敵でございますから。あの男は、父の生首を薄濃《はくたみ》にしてそれを肴に酒をのんだというではありませんか」

しかし淀君はけろりとしたあどけない顔であった。

「それでは、わしはそなたの父の敵をうったわけか」

「ですから、あの本能寺の焼けた夜、わたしは三条の茶屋四郎次郎の寮からみていて、心のなかでおどりくるっていました。そして、もうひとりの敵もほろびるように、あなたのいくさを手つだってあげたのです」

「もうひとりの敵とは？」

「浅井家をほろぼし、わたしの弟万福丸を串刺しにして殺した人で無し、羽柴筑前」

「それに……そなたは、何をしたのじゃ?」

「あの夜、茶屋の飛脚をかりにきて、備中の羽柴にいそいで知らせようとしたものがありました。それでわたしは中間《ちゅうげん》の源八に追いかけて、その飛脚を殺し、毛利家の方へさきに知らせるようにいいつけたのです。源八爺やは、浅井家に忍びの者としてつかえた男でした。山崎で筑前がどうしてあのようにもろくまけたか、これでおわかりでしょう。せっかくわたしが手つだってあげたのに、あなたはみすみすあの男をにがしておしまいになりましたけれど……」

はじめて淀君はからかうような笑い声をあげて、白い指で光秀のひげをひっぱった。光秀は唖然として、ひげをひっぱられるのにまかせていたが、やがて背すじにぞうとするような寒けをおぼえたのである。

やがて、なんとなくつぶやいた。

「猿め、どこへにげたか?……きゃつ、いま生きておれば五十はとっくにこしているはず。しかし生きておって、何もしでかさぬ男ではない。いくどか草の根わけてさがしたがついにあらわれなんだところをみると、どこかの山中で野たれ死したか、どこかの野で土民に犬のように殺されでもしたか?……案ずるな、天はもはやあいつを殺しておるに相違ないわ」

五

六月十三日のことである。無数の黒雲が疾風のごとくながれ去り、日と翳の交錯するその夕、下京姥柳にある南蛮寺のまえにたくさんの人間が環をつくっていた。まんなかに立って、ひとりの伴天連が妙な日本語で小鳥みたいにしゃべりつづけていた。まだ恐ろしがって教会のなかに入ることをためらう人々のために、ここの伴天連オルガンチノが、街頭に出て呼びかけているのであった。それをとりかこんでげらげら笑ったり、黙禱したり、口まねをしたり、十字をきったりしている人々は種々雑多である。茶筅髪をむらさきの元結でむすんだ公卿、まないた烏帽子の京侍、放下師、山伏、蒔絵師など――そこへ、すこしはなれた輿からおろされたふたりの女が加わった。むしの垂衣《たれぎぬ》をたれているので顔はわからない。しかし、輿のそばに数人の供のものが侍って、心配そうにこちらをながめているところをみると相当身分のたかい女にちがいなかった。

説教がひとまず終ったところで、

「伴天連さま」

と、女のひとりがむしの垂衣のかげから呼びかけた。オルガンチノは髯につつまれ

た顔をむけて、

「おお、ガラシャ」

と、笑顔になってあるいてきた。

急にざわめき出した。その名を知っていたものがあったらしい。

「あれが関白さまの御台さま」

「え、太閤さまの姫君」

そんなささやきがながれて、人々はあわててちりはじめた。

伽羅奢は伴天連に話をしていた。

「伴天連さま、きょうはひとり罪ふかい小羊をつれてまいりました」

「ほ、だれ？」

とオルガンチノはもうひとりの女の方をふりむいた。彼が虚飾をきらうので、関白御台の伽羅奢は、ほとんど供らしい供もつけないでやってくる。

しかしきょうはすこし様子がちがうので、オルガンチノはすこしけげんそうな顔をしていた。

そのとき、地をおどってきた小さな影が、いきなり伽羅奢にとびついて、むしの垂衣をひきさいた。

伽羅奢は思わず悲鳴をあげた。

それは一匹の猿だったのである。もういちど歯をむいてとびかかろうとするところを、とっさに伽羅奢は胸の銀鎖をひきちぎって聖十字架で猿のひたいをはたと打った。そう力をこめて打ったともみえないのに、猿はひっくりかえって、悶絶した。

「あっ、赤兵衛！　とんでもねえことを――」

と、あわてて猿をつかまえにはしってきた若い猿曳きは、茫然として伽羅奢の顔をみて立ちすくむ。

伽羅奢はふりむいていった。

「だれか、この男をひきたてていって下さい」

「あっ、どうぞゆるして下さいまし、いつ紐がきれたのか、いきなりこいつがとび出しやがったんで――」

「ちがいます。おまえがわたしに猿をけしかけたにきまっています。おまえはたおれた猿をみないで、わたしの顔ばかりみています」

供侍たちがはしってきた。

若者がさっと顔色をかえて、口をもがもがさせた。

そのうしろから、眼ばかりのぞかせた赤い放下師頭巾をかぶった猿曳きがはしってきた。

「佐吉、あやまれ、あやまるんだ、おまえは猿曳きのくせに、いつも猿より女の顔をみとれるくせがあるからこんなことになる。伴天連さま、いたい目をくらった猿に免じて、ゆるしてやって下さいまし」

と、老人らしい声でいって、土下座した。そのとき、もうひとりのむしの垂衣の女がしずかにすすみ出た。

「おまえたち――女の顔というより、関白さまの御台さまのお顔がみたかったのでしょう？」

「えっ、関白さまの――そんな、とんでもない」

「というより、明智光秀の娘の顔を」

老猿曳きは両腕を砂ぼこりのなかについたまま、頭巾のあいだの眼をあげたが、とっさに声もない。

「筑前、あいかわらずいたずらがすぎましょう」

老猿曳きはおどりあがった。女はみずから、むしの垂衣をとり去った。

なかから月輪のように冷たく美しい笑顔があらわれた。

「頭巾で頭をかくしても、その眼を忘れてなろうか。望みどおり、明智の娘の顔をみたら、その眼でついでにとくとわたしもみるがよい。太閤光秀の側妾淀のお茶々です」

いまにも前足を折りそうな駄馬にのって、老猿曳きが、大亀谷を伏見の方へ、とことこ駈けていった。

本人もいまにも落馬しそうな姿だ。

「佐吉め、どうしてしまったか？　ひょっとすると、六条磧あたりでもう斬られてしまったかもしれない。あれが伽羅奢ときいて、明智の娘のしゃっ面《つら》をのぞきたいというあいつのいたずらはちと過ぎた。しかし、それより、お茶々にはおどろいたな。美しくなった！　お市御寮人そっくりじゃ。あれをおのれの妾にするとは……」

羽柴筑前は夢みごこちにつぶやいた。

しかしからだは、ぼうきれみたいに痛めつけられていた。

雲間と梢からこぼれる月光が、どこやら死相を呈したその猿面を照らし出し、翳らせる。

あれから京都じゅう、おびただしい追手に追われて、ようやく百姓の馬をうばってにげてきたが、にげられたのがふしぎなくらいであった。——馬のくびにしがみつき、はあはあとあえいでゆく息もほそい。

じめじめとぬかるんだ路は小栗栖に入っている。

このあたり、土賊の多い土地だが、それを思いわずらう余裕もないらしく、みじめな姿が、まっくらな木下闇《こしたやみ》に入ってゆく。闇のなかで、夢遊病のうわごとのような声がきこえた。

「明智太閤！　明智太閤！　天運はあいつに――」

声が、ふいに断ちきられた。竹藪からつき出された一本の竹槍が、その脇腹をさしとおしていた。

六

――声にもならぬ苦鳴とともに、馬は竹槍と、身をおりまげた影をのせたまま、木下闇をかけぬけた。

水のようにひかる路上におちる血潮は、この夕刻よりの敗戦と逃避行に、身気ともに極限の絶望にのたうち、半死の脳膜に走馬燈のごとく明滅した夢想、幻想、妖想をも流していって、ついに音もなく地上にころがりおちた明智日向守光秀の死相を、月が蒼々と照らし出した。

姫君何処におらすか

一

長崎に於て、一八六五年三月十八日

親愛なる教区長様。こころからおよろこび下さい。私たちは、すぐちかくに、むかしの切支丹《キリシタン》の子孫をたくさん持っているのです。彼らは、聖教の記憶をずいぶん保っているらしく思われます。

しかし、まず私に、この感動すべき場面、私がみずからあずかって、こうした判断を下すにいたりました場面を、かんたんに物語らせて下さい。

きのうのひるすぎであります。男女小児をうちまぜた十四、五人の一団が、天主堂の門前にたたずんでおりました。一ヵ月まえ、この『二十六聖殉教堂《じゅんきょうどう》』の献堂式があげられて以来、市民のひとりとしてちかづこうともしなかった門の前にであります。しかも彼らは、ただの好奇心で来たものとは、なにやら態度がちがっている様子であります。天主堂の門はしまっておりましたから、私はいそいで門をひらき、聖所のほうへすすんでゆきますと、参観者たちも、あとからついてきました。

私は、愛の牢獄たる聖櫃《せいひつ》内に奉安し申している御主様のおんまえにひざまずいて、心の底まで感動せしめるに適切なことばを私の唇にあたえて、私をとりかこんでいる人々のなかから、ひとりでも主のために礼拝者を得しめたまえ、と嘆願いたしました。ほんの一瞬祈ったかと思うと、年のころ、四十歳か五十歳くらいの小さな婦人が、そっと私の傍にちかづき、胸に手をあててささやきました。

「ここにおります私どもは、みなあなたさまとおなじ心でございます」

私は愕然《がくぜん》としてたちすくみました。

「ほんとう？　……どこのお方ですか、あなたたちは？」

「私たちは、みな浦上《うらがみ》の者でございます。浦上では、たいていの人が、私たちとおなじ心をもっております」

こうこたえてから、彼女は眼をあげて、

「サンタ・マリアさまの御像は何処《どこ》？」

と、たずねました。

サンタ・マリア！

このめでたい御名《おんな》が、この婦人の口からもれたのを耳にして、私はまだ夢に夢みる心地でありました。

私たちは、三百年まえ、聖フランシスコ・ザヴィエル師が、この島国に第一歩を印せられて以来、いずれの地、いずれの時代に於ても、聖教がこの国以上に熱烈に受け入れられたことはなかった事実を知っております。けれど、その信仰の種は、世界宗教史上、空前絶後の兇暴な弾圧をうけて殲滅《せんめつ》されました。琉球で、教区長さまと日本入国を待機していた数年間に読んだ、この国の人々の悲壮で偉大な殉教史は、私たちをあのように鼓舞《こぶ》いたしました。けれど、この国に上陸してみると、御存知のように、その信仰の種は完全に根だやしになり、人事のかぎりをつくしてよびかけても、ことごとく徒労に帰するというにがい発見と絶望を味わわなければならなかったのです。

それが――やっぱり、種は地の下にのこっていたのです！　もう私はすこしもうたがいません。いま、私のまえにいるひとたちは、三百年まえの、あの切支丹の後裔《こうえい》にちがいない。私はこの歓喜を、天帝《デウス》に感謝しました。そして愛するひとびとにとりかこまれて、聖母の祭壇のまえに――私たちのために、あなたが仏蘭西《フランス》から奉持してきて下さいましたあの聖像のまえに、彼らを案内しました。

彼らはみな、私にならってひざまずきました。祈禱《オラシヨ》をとなえようとする風でしたが、しかしよろこびにたえないで、おたがいに顔を見あわせ、息をきらせながら、

「そう、ほんとうに、サンタ・マリアさまよ、ごらんなさい、御腕には御子ゼズスさまを抱き申しておいでなさいます」

というのでした。

やがて、そのなかのひとりが私に申しました。

「私たちは、霜月《しもつき》の二十五日、御主ゼズスさまの御誕生のお祝いをおこないます。御主さまは、この日の真夜中、廏《うまや》のなかにお生まれになり、それから難儀苦労のなかに御成長になり、おん年三十三歳のとき、私たちの霊《アニマ》のたすかりのために、十字架にかかってお果てなさいました。ただいま、私たちは悲しみの節の中であります。あなたさまも、このお祝いをなさいますか？」

「そうです。私たちも守ります。きょうは悲しみの節の十七日めです」

と、私はこたえました。私は、彼らの悲しみの節とは、四旬節をさしているのだと悟ったのでありました。

この祝福すべき参観者たちが、聖母の御像をあおいで、感動したり、私に質問したりしているあいだに、他の日本人が聖堂に入ってくると、彼らはパッと八方に散って、そしらぬ顔をしました。彼らは異教徒の日本人を——なかんずく役人を、極度に恐れているのです。この国には、まだあのいまいましい禁教令が生きているのです。

私は、聖堂内を巡覧する各種の人々が、いったりきたりするのにさまたげられて、この参観者たちと思うように話をすることができませんでしたので、また出なおしてくるようにと、浦上の切支丹——私はきょうから、彼らをこうよびたいのです——と、とりきめをしました。彼らが、三百年をこえるきびしい禁教令のもとに、何を保存しているか、すこしずつみましょう。彼らは十字架をうやまい、聖母マリアを愛し、祈禱様《オラシヨよう》のことばをとなえております。しかし、それがどんな祈りのことばであるか、私にはわかりません。その他のくわしいことは、近日中に御報告いたします。

日本の宣教師ベルナルド・プティジャン

二

長崎に於て、一八六五年四月二十六日

親愛なる教区長様、こころからおよろこび下さい。その後信徒は続々と発見されております。

最初、私に話しかけてきた婦人——イザベリナ百合《ゆり》がその後申しました。

「仏蘭西寺《フランスでら》が出来るのを知っておりました。けれど、それが天帝さまのお寺とは存じませんでした。けれど、高い塔のうえに黄金色の十字架《クルス》がたち、また、中にサンタ・マリアさまの御像があると人が話すのをきいて、もしや仏蘭西寺の異人さんは、私たちのながいあいだ待っていた神父さまではあるまいか、縛《しば》られるか、殺されるかわからないけれど、とにかくお会いしてみよう、と胸をドキドキさせてきたのです。……私たちの村には、むかしから、七代たてばローマから黒衣の神父さまがおいでになって善《よ》か世の中になる、といういいつたえがありますし、また、沖にくるのは法王《パーパ》の船よ、丸にヤの字の帆がみえる、という歌もうたわれてきました。……」

私が彼らを発見したときのよろこびの数倍も、彼らが私を知って狂喜したことはまちがいありません。

そして、村にかえった人々が、そのことをほかの信徒たちに告げたのでしょう。あれ以来、天主堂につめかける切支丹はひきもきりません。むろん、一般の参観者にまじってですが、私をみると、そっと胸に手をあててみせ、かなしげな、うれしげな、うったえるようなまなざしをみせますから、すぐにわかるのです。……

私はだんだんおそろしくなりました。役人に知られてはなりません。横浜でとうとう天主堂の参観禁止をうけた轍《てつ》をふんではなりません。実際に、このごろようやく気がついたらしく、長崎奉行の手先が、密偵となって見張っているようすです。知られたら、参観禁止どころか、入牢《じゆろう》、或いは打首《うちくび》の運命は覚悟のまえでなくてはなりますまい。事実、いまから六、七年前にも、多くの切支丹がとらわれて、生爪をはがされるやら、歯をぬかれるやら、恐ろしい責苦にあって殉教《じゆんきよう》者が出たということです。これを浦上の「三番崩れ」と呼ぶそうですから、きっとそのまえにも、一番め、二番めの弾圧があったにちがいありません。……ですから、どうぞ、巴里《パリ》の宣教会本部にも、この秘密を厳守するように御伝達下さい。実際、この「日本に切支丹の後裔《こうえい》存す」という事実は、たしかに全世界を驚倒させる報道ではありますが、いま仏蘭西や伊太利《イタリー》などの新聞雑誌に発表され、日本政府がそれを知ったら、万事休す、すべては水泡に帰するのであります。

ああ、それほどの恐怖の網目をとおって、なお私をさがしもとめる切支丹の可憐さ。できれば私は、彼らをこの胸にヒシと抱きしめてやりたいくらいです。おお、ねがわくば主よ、われらにいま少しの自由をあたえて、主の事業を成さしめたまえ。――

切支丹が潜伏しているのは、浦上ばかりではありません。久留米附近、天草島の一部、長崎港外の島々、外海《そとめ》地方、平戸、五島の各部落に、幾万の信徒が、陰に聖教を奉じ、父はこれを子につたえ、子はこれを孫にゆずって、二百何十年かの恐ろしい教難の嵐の底に、じっと埋没していたのです。なんたる頑強な、英雄的国民でありましょうか。

けれど、彼らの信仰に、迷信の苔《こけ》がついているのはやむを得ません。彼らはおなじ切支丹でありながら、ほとんどおたがいに連絡はないようです。いままで私が知ったところでも、その洗礼の様式、信仰の玄義の解釈、祈禱《オラシヨ》のことば、みなまちまちで、したがっておたがいに異教徒だと思っているようです。じぶんの部落だけが、真の切支丹だと思いこんでいるようです。

浦上の切支丹は、十字架の印を、まるで西班牙《スペイン》人、葡萄牙《ポルトガル》人のように、拇指《ぼし》でひたいに三たび十字のかたちをえがきます。久留米附近の切支丹が洗礼につかっている形相語は、誤謬《ごびゅう》だらけで、おそらく無効と思われます。天草の切支丹につたえられている教理書は、口伝のままなのを四十年ばかりまえに書きとったものらしく、天地の創造、人祖の堕落、救世主の約束などがかいてありますが、ずいぶん怪しげな小説的伝説がまじっております。彼らがふだん櫃《ひつ》のなかや井戸の底にしまっておき、「悲しみの節」になるとひそかにとり出して礼拝するという聖母の像は、たいていこの国の裲襠《うちかけ》をきた女の姿か、あるいは仏教の観音と称する女神の顔にえがかれています。……しかも彼らの、じぶんたちのその信仰をまもることの頑《かたく》なさはおどろくべきほどで、部落によっては、私どもですら疑いぶかげな眼でみるものもあります。

彼らは、きっと私に次のような質問をして、私をおどろかせます。

「あなたさまの国とロマの国とは、心が同一でございますか？」

「あなたさまは、ロマのお頭さまから派遣されなさったのですか？」

「聖母マリアを尊敬なさいますか？」

この三点をたしかめなければ、私たちが三百年まえ日本にきた『伴天連《バテレン》』の後継者であることを承知しないのです。

数年前に、プロテスタントの宣教師が、東山手にひとつの小さな会堂を設けたそうであります。屋根のうえに十字架のたっているのをみた浦上の切支丹は、もしやと思って、さぐりにやってきました。宣教師は大いによろこんで、基督《キリスト》のお話をしましたが、切支丹たちはいちはやくその教義がじぶんたちのものと異なることを見ぬいて、それっきりだれも二度とちかづかなかったと申します。

彼らの頑冥《がんめい》ともいうべき信仰は、私に讃嘆と憐愍《れんびん》と——そして恐怖すらもかんじさせます。その迷信の苔《こけ》をはらうにはたいへんな努力が要ることでしょう。無数の土地に、無数の島々にひそむ『隠れ切支丹』をたずねて、彼らの祈禱《オラシヨ》や洗礼が無効であること、彼らがあやまっていることを、奉行所の密偵の眼をのがれつつ説教してあるくことは、実に容易ならぬ覚悟をもたなくてはなりますまい。しかし、私たちは断じてそれをやらなくてはなりません。一日もはやく可憐な彼らの魂をすくってやらなくてはなりません。……

そのためには、道案内が必要です。後日司祭ともなれそうな素質をそなえた日本人が必要です。一身を天帝にささげる意欲にもえ、しかもまだ迷信の苔のついていない清純な少年か、青年が——。

私は有望なその候補者をみつけ出しました。浦上の少年で、敬三郎、源太郎という兄弟であります。兄は十七歳、弟は十二歳で、どちらもきわめて利発であります。もしなんとかしてペナンの神学校へ入学させることができましたら、きっと優等生になることでしょう。いまふたりを、弥撒《ミサ》に奉事させ、羅甸語《ラテン》を学ばせるという名義でとどめております。

はじめ十二歳の源太郎が、司祭になりたいといい出したとき、私はわざとおどしてやりました。

「もしそのことが役人に知られたら、さっそく取っつかまって、殺されるよ――」

「かまいません。切支丹だからって殺されると、霊《アニマ》の救いがきて、天国《パライソ》へのぼれるというじゃあありませんか」

「それあそうだけれどもね、役人はすぐに殺してはくれないよ。そのまえにひどい目にあわせるのだ。おまえはまだ子供で、とても辛抱ができないよ」

「子供ですから、私はそんな力をもちません。しかし、あたえていただきます。天帝さまから、その力をあたえていただきます」

兄の敬三郎も、眼をキラキラかがやかせて、微笑してうなずいておりました。――なんという感動すべき愛らしい少年たちでしょう！

実際、私はこの兄弟を、教区長さまにひと目みていただきたいくらいです。ほんとうにふたりとも、曙《あけぼの》に匂うあの桜の花のように美しい児なのです。

私はこの兄弟にただちに公教要理をさずけ、初聖体の準備をさせるつもりでおります。それには、やはり役人の眼をのがれるため、隠匿所《いんとくじょ》をつくらなくてはなりません。さいわいいまの私の居宅の、二階の天井裏が物置となっておりますので、これに秘密裡に工事をくわえるつもりです。そうして、それが出来しだい、これを『御原罪の御やどりの間』と名づけたいと思います。

日本の宣教師ベルナルド・プティジャン

三

長崎に於て、一八六五年九月十四日

親愛なる教区長様、きょうは、私でもいったいどうかんがえたらよいのか、見当もつきかねる御報告をいたさなくてはなりません。

浦上をはじめ、外海《そとめ》地方の各部落、神ノ島、伊王島、平戸、五島の島々にひそむ切支丹の動静と、彼ら迷える羊がいかにして主の羊舎《ひつじごや》にかえってきつつあるかということは、いままでの何十通かの御報告でよくおわかりのことと存じます。それはひとつひとつ、あきれるくらい迷信的、狂信的でありましたが、しかしよくいってきかせれば、彼らは幼児のごとく素直にじぶんたちのあやまりをみとめ、またそのあやまりのためにすんでのことで天国をとり失うところであったとふるえあがって私に感謝してくれました。

——ところが、ここに、どうしても私どもを受けいれぬ島があるのでございます。それはたしかに切支丹の島ですが、なんともいえないほどふしぎな、怪奇的ですらある島なのです。

各地の切支丹は、いつも申しあげるように、おたがいにまったく連絡がなく、おたがいを異教徒としてうたがいあっているようなありさまなので、むこうから噂をきいてひそかにこちらにやってきてくれなければ、その存在すらも把握できないような状況ですが、それもまず大部分は判明してきたこのごろ——この一週間ばかりまえに、はじめてわかった島なのです。

「ひょっとすると、あの部漣島《べれんじま》も、善《よ》か人かもしれまっせん」

そんなことをいう信者がありました。切支丹は切支丹を善か人とよぶのです。

部漣島というのは、長崎の西方、約二十里の海上にうかぶ孤島であります。ほんの小さな島で、人口は三、四百人くらいであろうということで、べつに山らしい山もなく、地表はむかし火山からふき出された大小の石でおおわれ（もっとも、これは、この東方にある五島にも共通する地勢です）、住民は主として漁業に従事しているらしいのですが、くわしいことはよくわかりませんでした。というのは、この島の人々は、外界とまったく交通がないからであります。

それがなぜ切支丹の島らしいということがわかったかというと、二、三年まえ、五島の漁夫がこの部漣島の沖を漂流しているとき、それはちょうど星もない真夜中のことでありましたが、その海の果てから――たしかにその島から――波の音にまじって、細ぼそとした、こんな唄声をきいたというからです。

「ベレンの国の姫君

いまはどこにおらすか

御讃め尊《たつと》めたまえ……」

――また去年の春のこと、外海《そとめ》地方の出津《しつつ》にながれついた一艘《そう》の漁船がありました。嵐に難破したものらしく、なかにはふたりの漁師《りょうし》がよこたわっておりました。きいてみると、それが部漣島の住民だったのであります。それをたすけて家につれかえったのは、出津の切支丹でありました。

粥《かゆ》などあたえて、まず人心地がつくと、その漁夫のひとりが、きょうは何日か、ときいて、こたえてやると、非常に困惑したような表情になったそうです。それはあとで気がついたことで、そのときは、たすけた切支丹の男のほうが、少々困惑しておりました。

なぜなら、その日は、切支丹の暦で、ちょうど謝肉祭《カルナワル》の日で、是非とも鳥獣の肉をたべなくてはならず、もし子供などたべずにねてしまうと、天狗（日本の悪魔）から口を吸われるといって、肉類を唇になすりつけてやります。そういう行事をこの部漣島の漁夫に見られたくなかったからであります。
それでも、そのことは、彼らに知られずにすみました。ところが——あとで、そのふたりの漁夫のところへいってみると、彼らの唇は真っ赤な血に染まっていたというのです。そして、ひとりの漁夫の小指が、ぷっつりくいちぎられていたというのです。

……

いまからかんがえると、もしかしたらそのふたりも切支丹だったのではあるまいか。やはり彼らも切支丹暦の勤行《ごんぎよう》をまもったのではなかろうか。肉を欲し、それをもとめることがかなわず、彼らなりの謝肉祭《カルナワル》をやってのけたのではあるまいか？　——こういうのです。

そうだ、それにちがいない。私は確信しました。部漣島は切支丹に相違ない。そして、この話でも察しられるのは、部漣島の切支丹の信仰が、いかに熱烈をこえて、妖気をおびているかということです。

一昨日、私はその部漣島へ出かけたのであります。——島の人々は、たしかに切支丹でありました。が、それはあまりにも恐ろしい切支丹でありました！

その夜の九時頃、私は敬三郎と源太郎をともない、竹の皮の笠をかぶって、下り松《さがまつ》から小舟にのって、海へのり出しました。八人もの強健な切支丹の漁夫が、根《こん》かぎりこいでくれましたが、その島にたどりついたのは、きのうのもう夜明け方でありました。

岩だらけの磯に舟をのりすて、私たちは島へあがってゆきました。そして、いつものように、私と三、四人だけがしばらくとどまり、敬三郎とほかの四、五人が、まず部落へ入ってゆきました。むこうがほんとうに切支丹であるかどうかをたしかめ、かつ、彼らが何百年か待っていた黒衣の神父《バーテル》――私がきたということを告げるためです。なかなか話が通じないらしく、いままでの経験のうち、いちばんながく待たされたときの二倍は待たされました。東の海から、太陽がのぼってきました。きょうも晴れるらしい。海の色は、どこかもう秋です。しかし、海と空が明るくなればなるほど、なんという寂しい島でしょう！　浜辺もそうですが、むこうにみえる部落のほうも、ただ石だらけ、石垣だらけ、小さい貧しい屋根さえも、無数の石ころに覆《おお》われているのです。

やがて、敬三郎たちが、三人の老人をつれてきました。

「神父《バーテル》さま、やっと私たちが仲間であることをわかってくれました。これが、この島の帳方《ちょうかた》パオロ徳蔵さん、こちらが聞役《ききやく》のドミンゴ孫八さん、あれが水方《みずかた》のジワン市兵衛さんです」

この島の秘密信徒団の組織は、やはり九州本土の『さんたまりあの御組』と大同小異でありました。この三人が、この島の長老らしい。いずれも、年のころはわからないほどの老人で、ふかい皺《しわ》のなかから、犬のように澄んだ――かなしげで強く、うったえるようで疑いぶかげな眼が、じっと私を見つめております。

私は彼らがおそれないように、微笑して、いろいろとききました。……が、しだいに胸のなかがくらくなってゆきました。……彼らはたしかに切支丹の後裔《こうえい》らしい。しかし、これほど徹底的にまちがった切支丹ははじめてです。ほとんど、聖教の原形もとどめないといったほうがいいくらいです。

この島では、暦の繰り役、よそで帳方とよんでいる役を大和尚といい、洗礼役すなわち水方を中和尚といい、祝日の触れ役すなわち聞役を小和尚という。イエスを十《じゅう》ス様といい、聖母をお影《えい》さまという。祈禱《オラシヨ》のことばは、こういうのです。

「万事かないたもう御身の御ふかん、聖イナツシオ様は、いくさのしういにたちいりさせたまいて、スベリキの大将はしらいしよにしらいたてまつる。下界にては傷をこうむり、天の上には御三ぼうの位をうけ、天をあずかりさせたもうようにつつしんでいのりたてまつる。アメン、十ス」

なんの意味だか、さっぱりわからない。これはおなじ日本人の切支丹である敬三郎以下にも全然わからないのです。

ああ、教区長様。――これだけなら、まだいいのです。けれど、どうぞつぎのような問答をお読み下さい。

「御主――いや、その十スさまは、どんなお方か、なぜおなくなりになったか、御存知ですか？」

「十スさまは、ナサレテと申す国の若君で、姫君お影さまを恋いしたわれたお方でごぜえます。……」

「え、ゼズスさまが、サンタ・マリアを恋いしたわれたと？」

「はい、ところが十スさまには十三人のお弟子がござって、その十三番めのジョタスという男が悪人での。こいつめがお影さまにもちかけて、もったいなやお影さまは、牛小屋のなかで、ジョタスの子をお生みになりました……」

「おお、マリアが、ユダの子を！」

「そこで十スさまは、こがれ死、かなしみ死をなされたのでござるが、そのまえの晩、ほかの十二人の弟子に、ひときれの肉をちぎって、御馳走《ちそう》なされたら、みな満腹して、あまりがあったと申します。それから……尊いお経文がござる……」

「………」

「さるほどに、十字架《クルス》のもとに、姫君お影さま、御弟子たち立ちならび居たまえば、十スさま姫君を御大切におぼしめし、御弟子をごらんありて、姫君に、いかに女人、十二人なんじのとがをゆるさん、ただこれより御身の夫は十二人なり、とのたまい、十二人に、なんじらの妻はこれなりとのたまえば、それより御弟子たち、お影さまを妻となしたもうなり……」

「………」

「十スさまはお亡くなりあそばしたが、そのときとがはゆるされたから、お影さまはひとたび生をうしなわれても、また生きかえりたちかえり、いつの世にも顕現《けんげん》あそばして、わしどもをいつくしみ下されるのでござります……」

私はからだがふるえるようでした。御主さまのおんいけにえも、十二使徒も、御復活も、なにもかもめちゃめちゃです。めちゃめちゃどころか――彼らをあわれむより、私は怒りに息もきれそうでした。――しかし、教区長さま、ああ、これだけならまだいいのです。……

これらの問答は、その浜辺でかわされたものではありません。その大和尚といわれるパオロ徳蔵の家にいってから、ながいあいだの説得ののちに、やっと彼らがかくしてもっていた聖絵やメダイをみせてもらい、ポツリポツリきき出したものでそれはもうおひるちかくになっていたでしょう。ここまでうちあけながら、なお三人の老人の眼には、私たちをどこか信じかねる暗い不安のひかりがありました。

顔いろをかえて、二の句もつげない私に、むしろ反抗するように、白髪の徳蔵は恐ろしい厳粛な調子でいうのです。

「げんに、この島にもお影さまがおりなされる」

「なに、サンタ・マリアさまが！」

そのときでした、どこからか、遠く奇妙な音楽の音がきこえてきたのは。――島は、そのすこしまえから、なにやら騒然としておりました。事実また、色の黒い、いかにも漁師らしい島民が、それまでに何人も、何度となくこの家をのぞきこんで、三人の老人をせきたてるらしい顔をみせたのです。しかし、老人たちはくびをふって、彼らをたち去らせたのでした。

ふいにパオロ徳蔵が、重っ苦しい、しかし決然とした調子でいい出しました。

「きょうは、この島で、お影さま祝言《しゅうげん》の祭りがごぜえます。……祝ってやって下せえますか？」

「お影さまが、結婚？　だれと？」

「十二人の弟子と――」

こと、ここにいたっては、かなしみより、あわれみより、怒りより、おどろきより、私は絶大なる好奇心にとらえられてしまいました。三老人の眼は、そういう私の表情を凍りつかせるほどまじめで、深い色をたたえていました。

私はうなずきました。私はやっと反省したのです。これほどではありませんが、いままでの経験から、この『はなれ切支丹』たちの信仰習俗を、あたまごなしに否定したり、笑ったりすることは、百害あって一利もありません。とにかく一応しずかに彼らの行事をみてやることが大切なのでした。——しかし、私はそれをみてはいけなかったのです。ああ、それはなんたる破戒無慙《はかいむざん》の行事でありましたろう！

「きょうは……あなたたちの暦で……どんないわれがある日なのですか？」

つれ立って、わびしい村のなかの石の路をあるきながら、私は老人にたずねました。

「お影さまの御祝言は、毎月あるのでごぜえます」

「毎月の……きょう？」

「日はきまっておりません。お影さまの月の障《さわ》りが終ったあくる日に——」

私は、なんのことだか、いっそうわかりません。こういっているあいだにも、村の路地、坂路から、はだかにちかい老若男女が、バラバラとあらわれて、ある方角へはしってゆくのです。

そこは島の西側にあたる、白い石に覆われた広場でした。そこは三百四、五十人の人々が、大きな円をえがいてあつまっていました。そして、太鼓を鳴らし、笛を吹き、足を交互にふみながら唄っているのです。

蒼い海を背に、一本の木の十字架がたてられていました。十字架には、あの髷《まげ》を結った、日本風のサンタ・マリアさまの絵がかけられていました。その下に、祭壇——とはいえません。ひとつの木の台です。そこに、その絵とおなじような、美しい、けれど古びた裲襠《うちかけ》をきた若い女が坐っていました。

ああ、教区長さま、どうしたことでしょう、私はその女の顔をみたとたん、それがこの島の女とも、お影さまとも思わず、

「おお、サンタ・マリアさま！」

と心中にさけんでいたのです。その女は、それほどゆたかに気だかく、美しく威厳にみちていたのです。

唄声がたかくなりました。

「参ろうや、参ろうや、
天国《パライソ》の寺に、参ろうや……」

そして、群衆のなかから、ひとりの若い男があるいてゆきました。それをむかえて、お影さまは、裲襠《うちかけ》をハラリとぬぎおとしました。すると——彼女は、全裸体だったのであります。碧空《あおぞら》に秋の白い太陽は燦々《さんさん》とかがやき、横たわった彼女のからだは、これまた雪のようにかがやきました。

「天国の寺とは申すれど、
広い寺とは申すれど……」

それからあとのことは、かくにしのびません。あまりのことに、さけび出そうとした私の手を、敬三郎が紅潮した手でしっかりとつかまえました。三人の老人は、恐ろしい眼で、じっと私のほうをうかがっておりました。

「神父《パーテル》さま！　……神父さま！　あれはなに？　あのひとたちは何をしているのです？」

　そうさけぶ少年源太郎の眼と口を覆ってやったのがせめてものことです。……お影
さまの祝言とは、このような神をおそれぬふるまいであったのか！

「祝言」をおえた若い男はもとの路をもどり、そして別の若い男が十字架のほうへす
すんでゆきました。私は、おさえようとしてもおさえきれぬ恐怖に、ついにうめくよ
うにパオロ徳蔵にたずねました。

「これを……まさか十二人――」

「いかに女人……これより御身の夫はこの十二人なり、とのたまい、十二人に、なん
じらの妻はこれなりとのたまえば……」

　パオロ徳蔵はおごそかにつぶやきました。

「それより御弟子たち、お影さまを妻となしたもうなり……」

「と、その十二使徒を、だれがえらぶのです？」

「十《じゅう》スさまにかわり、わしどもが」

「あのお影さまは？」

「十スさまにかわり、わしどもが」

もう四人めの男があるいていました。

「あのお影さまは、むかしからお影さま？」

「三年まえにかわりました。まえのお影さまは、血肉はみなの血肉にとかし、霊《アニマ》は天に昇られました……」

「し――死んだのですか？」

「お影さまの御昇天は、三つの場合にあります。御懐妊のことがない――月の障《さわ》りが涸《か》れたとき。役人どもがうばおうとしたとき。それから十三人めの悪人ジョタスの甘言にお影さまがまよわれたとき――」

私には、パオロ徳蔵のいうことがよくわかりませんでした。

もう広場には、七人めの若者がすすみ出ていました。お影さまは、白い蛇のように台上にのたうっています。ときどき、すすりあげるような泣き声をもらします。あれが、この島民たちには神聖きわまりない美しさにみえるのでしょうか。広場には、ひざまずくもの、祈るもの、そして酔ったような唄声のみがみちておりました。

「参ろうや、参ろうや、
天国《パライソ》の寺に、参ろうや、
天国の寺とは申すれど、
広い寺とは申すれど……」

教区長様、おゆるし下さい。こんどだけは完全に失敗しました。彼らを救うことができませんでした。それどころか、私はガタガタとふるえ、吐気《はきけ》をもよおし、一刻もはやくこの恐ろしい淫《みだ》らな島をのがれたい一心でいっぱいであったのです。

ところが、パオロ徳蔵たちは、その私の袖をつかみました。

「神父《パーテル》さま。……あなたさまが、私どもと同心のお方だということは、いつわりではございますまいね？」

「同心のものです。……日を改めて、きっとまた参ります」

と、敬三郎が蒼ざめてこたえました。

「それでは、そこの小さなお方をこの島にのこして下され……。あなたさま方が、またおいでになりますまでな」

と、徳蔵が指さしたのは、小さな源太郎なのです。彼らが私たちをうたがい、奉行への密告をおそれて、源太郎を人質にとろうとしていることはあきらかでした。

私たちがすくんでいるあいだに、はやくも察した敬三郎が、弟にいいきかせました。

「源太よ。のこれ、わしたちは、すぐにくる。……ひとりで寂しかったら、天の星に祈れ。神父さまから教えていただいた祈禱《オラシヨ》をわすれるじゃないぞ」

——そして、私たちはヘトヘトになって、さっきこの長崎にかえってきたところなのです。源太郎は部漣島にのこりました。

のこすのではなかった。大変なことをしたと、いま私のこころは後悔の念でねじくれるようです。まさか殺すこともありますまいが、あの少年をあの邪教の島にのこして、それは殺されるよりも恐ろしい結果をもたらしはしませんでしょうか？

このままではすておけません。私は明日から新しい勇気をふるい起こして、あの少年と、それから――あの不幸な島の人々を救うべく活動を開始しなければなりません。どうぞ、教区長様、私たちのためにお祈り下さい。

日本の宣教師ベルナルド・プティジャン

四

長崎に於て、一八六五年九月二十日

親愛なる教区長様。部漣島《べれんじま》の件につき、御報告いたします。

あの翌日に、もういちど島へとってかえそうとする私を、敬三郎がひきとめて、こう申すのです。

「あの島を覆っている迷信の霧は、三百年来のものです。いま神父《パーテル》さまがゆかれても、窒息《ちっそく》なさるか、それともたまりかねてさけび出されて、いよいよ絶望状態に陥らせるか、いずれかです。それよりも、まず私が――日本人の私が参りましょう。たとえ、あの三人の老人がつくり出したお影さまにせよ、三老人をもふくめて、島民たちのあの女に対する尊敬はたいへんなもののようです。私がいって、まずあの女を正しい御教えにたちかえらせましょう。神父さま、どうぞ三ヵ月だけお待ち下さい。きっと私が部漣島からよいお便りをおくりましょう。……」

いろいろかんがえてみたあげく、私はすべてを敬三郎に託するつもりになりました。この純潔な少年の熱情と、そして年にも似合わぬ聡明さと沈着さは、この場合他のだれよりもたよりになれそうに思われます。

それについて、私は昨夜九時から、例の『御原罪の御やどりの間』で、敬三郎に洗礼をほどこし、けさ未明、弥撒聖祭《ミサせいさい》をおこない、天使のごときこの少年にはじめて天のパンを拝領させました。

ああ、二百何十年来、はじめて聖体のゼズスが日本人の胸にやどらせたもうたのであります。私はこの少年を、私の伝道の初穂として、御主と聖母にささげます。

おお、ゼズスはいまでこそいたるところで侮蔑《ぶべつ》されたまえど、やがてかならず日本国中に尊敬されたもう日がくることでありましょう。

敬三郎はよろこびいさんで、朝、蒼い海の果てへ、妖島部漣島へ去ってゆきました。

教区長様、なにとぞ彼に多大の望みを託して下さい。

日本の宣教師ベルナルド・プティジャン

五

長崎に於て、一八六六年二月二十五日

親愛なる教区長様。またしてもかなしいお便りをしなくてはなりません。いいえ、昨年の暮からはじまったあの恐ろしい教難の嵐――今度の騒動についてではありません。

むろん、それにも関係はありますが、私にとって、もっと恐ろしい、不安な事実なのです。ついにうごき出した長崎奉行の手は、浦上《うらがみ》をはじめ、外海《そとめ》地方、港外の島々、五島にまでいたらざるなく、私の愛する子羊たちを狩りたて、獄《ひとや》に追いこめつつありますが、その悪魔の手がとうとうあの部漣島《べれんじま》にもおよんだらしいのです。

源太郎がかえってきました。ひとり縛られてかえってきました。一昨日、捕吏の群が部漣島へおしよせて島の人々をいっせいにとらえ、いつかお知らせしたあの西海岸の広場に竹矢来《たけやらい》でかこんだ獄をつくって、追いこんだそうですが、源太郎は島の人間ではないというので、かえされたのであります。奉行所から連絡がありましたので、年少のことではあり私の使用人として、私が強くいってひきとりました。

ところがであります。おなじく島の人間でない兄の敬三郎はかえって参りません。いいえ、みずから島民とおなじくその獄の中に入ってしまったそうであります。ああ、愛する敬三郎はどうしたのでしょう。はじめ数回、希望にみちた秘密の便りをよこし、それっきりここ四ヵ月以上も消息を絶ってしまったあの美しい少年は、どういうつもりなのでしょう。

じぶんものこるといいはる源太郎を、それでも強《し》いて追いかえした彼は、長崎にいって私にあったらこう伝えてくれといったそうです。

「神父さま。お影さまを部漣《べれん》のサンタ・マリアから人間にひきもどしました。そのかわり、私も人間にかえりました。ふたたびお目にかかれますまい。さようなら！」

これはどういう意味なのでしょう？　敬三郎が、人間になったとは？

源太郎にきくと、敬三郎とあのお影さまとは仲がよいが、敬三郎はほかの島民にはあまり好感をもたれていないようです。だれかが、「ジョタスがきた」といっていたそうです。敬三郎が、ユダとは？

そういう源太郎じしん、すくなからず妙なのです。どこかうつろな風で、私の顔をみようともせず、気がついてみると、西の方をむいて、なにか十字をきりながら、ブツブツとつぶやいています。

「われこの涙の谷になげき泣きて……恩寵《ガラサ》みちみちたもう御身に御礼をなしたてまつ

る。御主は御身とともにましますす女人の中において、わきて御果報いみじきなり、十スの御大切なるお影さま、いまも、われらが最期にも、われら悪人のためにたのみたまえ。……アメン」

私は不安でなりません。この源太郎も、あの敬三郎も、部漣の島の魔性の嵐にあてられたのではないでしょうか。あの島の妖気はどれほど恐ろしいものがあったでしょうか。

私はいってみなくてはなりません。今夕、さいわい横浜からロシュ公使閣下が、ローズ水師提督と長崎へ到着なさいました。私はこれからさっそく公使におあいして、部漣島へわたれるよう奉行所へ談判していただくつもりであります。そして、敬三郎を一日もはやく救い出さなくてはなりません。

日本の宣教師ベルナルド・プティジャン

六

長崎に於て、一八六六年二月二十八日

親愛なる教区長様。ただいま長崎へかえって参りますと、貴師《あなた》さまのお贈り下さいました聖フランシスコ・ザヴィエルさまの御遺品が到着しておりました。なんとも御礼の申しあげようもございません。

それほどはげまして下さいますのに、なんと私の無力なことか。――すべては無に帰しました。いいえ、これ以上はない破局《カタストロフィ》にたどりついてしまいました。敬三郎が死んだのです。

おお、いまも私の眼にのこっているあの凄惨な冬の波濤《はとう》のいろ、その海を背景に、くびをつっていた敬三郎のぞっとするほど美しい死顔のいろ。

私が部漣島《べれんじま》についた朝、敬三郎はまだ生きていました。しかし、気が狂っておりました。――いや、敬三郎ばかりではなく、竹矢来《たけやらい》をかこむ数十人の役人すべてが、気がちがったようにさわぎまわっていました。ひっそりと、しずかにうずくまっていたのは、囚《とら》われの部漣島の人々だけだったのです。

その日は、ちょうど朝から、いよいよこれら囚人をひき出して、あの忌わしい踏絵をさせたり、訊問したりする手はずだったということです。

まえの晩は、暗い、寒い、氷獄のような夜でした。竹矢来をかこむ数十人の役人も、どうどうたる海の音に、まるであの世にきたようにもの哀しい気分にひきいれられたと申します。……真夜中ごろ、それまで音もなかった竹矢来のなかの囚人たちが、しずかに唄い出しました。

「参ろうや、参ろうや
天国《パライソ》の寺に、参ろうや
広い寺とは申すれど
天国の寺とは申すれど……」

それは、はじめ地からわき出るようにひくく、かなしく、制止する機会もないうちに、暗い潮と織りなされる大合唱となって、はてはまるで酒宴でもひらいているようにたからかなものになりました。やがて、やっと役人たちが夢からさめたように叱りつけると、しばらくしんとしていて、また細ぼそと唄声がわきあがってきたといいます。

「ベレンの国の姫君
いまはどこにおらすか
御讃め尊めたまえ……」

そして、この声もやがて陶酔したように歓喜の讃歌となりました。

朝がきました。三百何十人かの囚人たちは昨夜の狂態は夢かと思われるほどひっそりと、鴉《からす》の群のようにうずくまってうなだれておりました。役人たちが第一番めによび出そうとしたのは、この島の邪宗門の妖姫《ようき》とも目されるあの女でした。

ところが……彼女の姿はどこにもなかったのです。

昨夜はたしかにいた。監視のきびしい矢来の外へにげ出せるはずもなく、なかにかくれる場所はありません。石だらけの大地も凍って、またそれを掘る器具などもちこんでいようはずはないのです。それにもかかわらず、『ベレンの姫君』は消滅してしまった。仰天してたずねると、あの白髪のパオロ徳蔵が、かなしげに答えたそうです。

「お影《えい》様は、昨晩、天に昇られましたじゃ」

私が島についたのは、その騒ぎのまっ最中でした。私はその騒ぎの意味がわからず、ただ、ほかの囚人たちとはポツンとひとりはなれて、竹矢来にもたれかかっている敬三郎の姿をみとめて、かけよりました。

が、彼は私の顔をみてもなんの感動もせず、あきらかにもう気のちがった眼で、ときどき口のはたのよごれをぬぐいながら、ひとりつぶやいていました。

「御主、群衆に命じて地に坐せしめ……七つのパンと魚とをとり、謝してこれを裂き弟子たちにあたえたまえば……弟子たちこれを群衆にあとう。すべての人食らいて飽き、裂きたるあまりをひろいしに、七つの籠《かご》にみちたり……」

「敬三郎！」

「とりて食らえ、これはわがからだなり。……なんじらみなこの盃よりのめ、これは契約のわが血なり。……多くの人のために罪のゆるしを得させせんとてながすところのものなり。……」

あの「お影《えい》さま」がいなくなった、ということがわかったのはそのときです。私もびっくりして、役人たちといっしょにさがしまわりました。そして、ふと気がついてひきかえしてくると、敬三郎は竹矢来《たけやらい》に自らくびを吊って死んでしまっていたのです! まるであのユダの死のように。――

ああ、いったい敬三郎はどうして気が狂い、どうして死んだのでしょうか。私には一切わかりません。それよりあの部漣のマリアはどこに消えてしまったのでしょうか。私には、一切わかりません。

それを知っているのは、あの三百何十人かの『はなれ切支丹』たちですが、しかし彼らはたとえ地獄におちても申しますまい。あの氷の飛沫《しぶき》をあげる碧《あお》い冬の海のこちら側に、じっとうずくまっていた群像のしずかに強い印象から、わたしにはそう思われるのです。『ベレンの姫君』はどこにいったか、私にはわからない。……いいえ、私の頭には、あの気味わるい老パオロの声がきこえて参ります。姫君昇天の三つの条件と、それから、『血肉をみなの血肉にとかし……』云々のえたいのしれぬことばが――。また私の頭には、それよりもっと化物じみた黒い雲のようなあるかんがえが浮かんできそうです。あの日は、ちょうど切支丹暦《キリシタンれき》で、謝肉《しやにく》……これ以上、私にはかけません。おお、神よ、この私の頭をうちくだきたまえ。……教区長様、私にはもう書けません。……

私は、いま、すがりつくように、お贈りしていただいた聖なる銀《ぎん》の匣《はこ》をひらいたところです。ザヴィエルさまの御遺物に礼拝したところです。ザヴィエルさまの御遺物のうち、御右腕だけはローマの耶蘇《ヤソ》会本部で拝して、ふかい感動にうたれたものでした。そして、——いままでほかの御遺物の一片をいただいた宣教師たちが、この百年どれほどこの奇蹟の力によって新しい熱情をふるいおこし、奮闘してきたことでありましょうか。

おお、私は意気屈してはなりません。恐れてはなりません。教区長様からいただいたこの聖なる腸の一片は、いま私に新たなる力をふきこんでくれました。私はこの不吉な想い出、恐ろしい迫害にめげず、いよいよこの長崎で迷える子羊たちの伝道につとめましょう。

日本の宣教師ベルナルド・プティジャン

【註】　一五五二年、聖フランシスコ・ザヴィエルは広東の近くの上川島で歿し、その地で埋葬されたが、のちに掘り返してみると、遺骸はそのまま少しも腐敗せず、芳香ふくいくとしてあたりに薫じていたといわれる。この遺骸はゴアの聖堂に移され、いまも銀棺に納められて、世界からの巡礼者に拝観をゆるすということであるが、熱狂的な帰依者たちが、その法衣、帽子、杯などの遺物を求めるのが高じて、ついにその

右腕を切断してローマの耶蘇会本部に送り、腕形をした銀《ぎん》の匣《はこ》に納めて礼拝するようになった。残った遺骸はその後さらに胃や腸までもとり出され、コマ切れにして、のちのちまでも篤信者《とくしん》たちのあいだに聖物として伝えられるに至った。ザヴィエル上人の「御遺物」とはこのことである。

南無殺生三万人

一

寛文五年十月、御先手頭《おさきてがしら》中山勘解由《かげゆ》、はじめて「盗賊改め」となる。

「盗賊改め」とは、文字通り盗賊の詮議である。それならば町奉行があるではないかという人があるかも知れない。その通り、それまでは町奉行でこの用は足りていたのだ。それがとうてい町奉行だけでは手が回らなくなったのだ。

寛文五年といえば、四代将軍家綱のころ、すなわち軍国から泰平への過渡期である。こういう時期にはかえって犯罪が多い。それは、いくさには用無しで、泰平には役立たずの男がふえるからであり、かつその手合が秋霜烈日の時代とちがって「お上」をなめがちになるからである。げんにこの少し前には旗本奴《やっこ》と町奴が横行して、江戸に一種の無法地帯を作り出し、ついに町奴の頭領幡随院長兵衛を殺した旗本奴の首魁水野十郎左衛門が切腹を命じられたのは、寛文四年三月のことだ。旗本奴、町奴はまだしもとして、右にいったようなわけで、実際盗賊その他市井の犯罪もふえた。——

それがなぜ町奉行所だけで用が足りなくなったかというと、町奉行の職は今でいう警視総監の役のみならず、裁判官も都知事もかねる。裁判となればむしろ民事の方が多く、都知事としてはまず何よりも治安の静謐《せいひつ》をむねとする。そこで——刑事専門の大「捜査一課」を新設するというはこびになったのである。

いや「捜査一課」どころではない。まず検挙を第一とするのはいいとして、その手によって処断もまかせられるという——公務の管轄《かんかつ》がはっきりしない江戸時代初期なればこそ出来たことだが、それにしてもこれは恐るべき官職であり、事実恐るべき存在になった。その光栄ある初代が勘解由のになうところであった。

「よいか、中山」

老中首座の酒井雅楽頭《うたのかみ》忠清がいう。

「江戸といわずその界隈、手の及ぶかぎり悪党は片っぱしからひっ捕えろ」

「はっ」

「そして、片っぱしから斬れ」

「はっ」

この翌年三月には大老となり、のちには「下馬将軍」とさえ呼ばれた酒井雅楽頭である。じきじきに呼ばれて、新官職の初代長官を命じられた中山勘解由は、緊張と感激にかすかに身をふるわせていた。彼は三十三歳であった。

「御三代さままではな、申さば戦国のあと始末であった。これからが泰平の始まりじや。これがかえって難しい。げんに早くも公儀をないがしろにいたすやからが蛆虫《うじ》のごとく蠢動《しゅんどう》をはじめておる。さればこそ、このたび盗賊改めなる役を設けるゆえんじゃ。この時に当って強烈にしめておかねば、いまの泰平はたちまち乱世に崩れる。よいか、勘解由、これより百年、三百年の真の泰平はわれらが開くと思え」

酒井雅楽頭自身、やる気充分であった。やがて大老になるくらいの人物だから、相当考えたあげくのことであろうと思われるが、恐ろしいことをいった。

「そのためには、今、寸毫《すんごう》の悪をも見のがすな。みなひっ捕えて斬ってしまえ。それが、その悪党のみならず世のみせしめとなる。一罰百戒どころではない。百罰万戒の方針でやれ。いや、なみの民と思うな、将軍家の御先手として戦場で百万の凶敵に駈け向うと同様に覚悟せよ」

「へへっ」

中山勘解由は相手の気迫に鼓舞されて、ぶるぶるっと武者ぶるいした。

「多少のゆき過ぎがあろうと、すべてはわしが容認する。むしろゆき過ぎと思われるくらいでなければこのお役は勤まらぬ。それまでに思うておるわしの意に叶《かな》うほど、みごとおまえが勤め了《お》わせたらな」

酒井雅楽頭は勘解由の眼に見いっていった。

「ゆくゆくは中山、おまえを大目付までに取り立ててやろうぞ」

二

中山勘解由は神田小川町にある屋敷に帰って来た。眉ふとく、顎《あご》の剃りあとも青く、骨格たくましい男であったが、足は雲を踏むようで、眼は虹を見ているようであった。御先手とは、弓組と鉄砲組とから成り、元来将軍出陣のときの先鋒部隊である。むろん荒武者が多い。組頭は千五百石であった。

この御先手頭になぜ酒井雅楽頭が新設の盗賊改めを命じたか。おそらくこれから先はこの御先手をいくさに使う用もあるまいと見て、その代り江戸の警備専門に向けようと思い立ったものであろうが、それにしても平時の治安をこの戦闘用部隊にゆだねようとしたとは、以て彼の意気込みを知るに足る。事実、彼もいった。「御先手として百万の敵に駈け向う覚悟でやれ」と。

のちにこの盗賊改めに火付改めが加わり、「火付盗賊改め」という職名になるが、その頭領は御先手組頭があてられるのを恒例とした。御先手にこの役が加わるので、また別名を「加役」とも称した。とにかくその恒例の第一代となったのは、この中山勘解由なのである。

しかし酒井雅楽頭が盗賊改めに彼を登用したのは、必ずしも御先手組頭という職からではあるまい。おそらく中山勘解由という人間を見てのことであろう。

雅楽頭が勘解由の人間をどう見たか。

それは勘解由自身にはその時点でよくわからなかった。彼はおのれの命じられた仕事をまだほんとうに理解していなかった。彼は雅楽頭以上に勇躍していた。むりもない。——御先手頭千五百石という身分はむろん誇るに足るものだが、彼としてはなおあき足らぬものがあったのだ。その先々代を思えばである。

先々代の、これも中山勘解由は——というより代々幼名を助六郎、家督をついで勘解由と名乗るのが中山家の慣いだが——徳川家の槍奉行として信州陣では真田を相手に戦い、剣豪小野次郎右衛門らとともに上田の七本槍とうたわれたほどの豪傑で、三千五百石を拝領していた。ところがその後、あまりに武勇が過ぎて軍令違反のことあり閉門を命じられて千五百石におとされたのである。

いまの中山勘解由は、この祖父を誇りに思っていた。同時に中山家が千五百石におとされたことを残念至極に思っていた。——そこへ、祖父にならう武勇をふるい、同時にその家禄を回復する千載の好機が到来したのだ。回復どころか、雅楽頭さまの御誓言によれば、ゆくゆくは大目付という大官にまで取り立てられるという——。

帰邸した勘解由を、二十七歳になる妻のお竜と、九歳になる一子の助六郎が心配そうに迎えた。

「女房、よろこべ」

と、彼は大声でいった。

「おれはやがて大目付になるぞ！」

「いったいどういう御用だったのでございます？」

勘解由は、まず仏壇に灯をあげて先祖に報告したのち、女房と息子に伝えた。

「おれは江戸一帯の悪を掃滅する。悪党どもを斬れば斬るほど出世の道が早くなるのじゃ。これほど男としてやり甲斐のある、ありがたい仕事があると思うか」

その夕食の膳には、赤飯、尾頭つきの鯛、酒のほかに、とくに勝栗と昆布と打鮑《うちあわび》が折敷《おしき》にのせて出された。子の助六郎の眼には、父に対する最大の讃嘆がかがやいていた。

そしてその夜の妻が見せたほどの純粋な献身をいままで彼は知らなかった。明らかにその夜の中山勘解由は妻から見ると、最強にして最善なる男性の権化であった。

三

勘解由は御先手組の中から与力十人、同心五十人を選び出して、市中巡邏隊を編成した。市中を見回って、悪いやつはみなひっくくって拘引せよと命じ、また手に余れば斬ってさしつかえなし、と申し渡した。

拘引したやつはどこへつれて来るか、自分の屋敷にである。――火付盗賊改めとしての公式の役宅が設けられたのは実に幕末文久年間に至ってからのことで、それまでは代々の加役の屋敷を役宅にあてていたのだから、いかにも法三章的な徳川時代らしい――そこで、勘解由は簡単な訊問をして、庭でたいてい斬った。

夫がこの役についたことを尾頭つきの鯛で祝った妻のお竜は仰天した。

もっとも勘解由とて、最初から西瓜みたいに人を斬ったわけではない。彼にしてもみずからの刃《やいば》に衄《ちぬ》るのはそれがはじめての体験で、一人目から十人目くらいは顔色や蒼ざめ、肩や腕の筋肉も硬直し、ただ一太刀で首を刎《は》ねたのはほとんど一人もいなかった。

しかし、それは心理的な怖れからというより、感覚的な緊張からであった。現代人のように人を殺すということに深刻な原罪感があるわけではなく、彼はあたまから、つかまって来た連中は悪いやつだと決め込んでいる。その点に逡巡はなかったが、やはり感覚としては平気の平左というわけにはゆかない。

とはいえ、勘解由は、音に聞えた御先手組の組頭であった。また酒井雅楽頭が、「あれならやれる」と見込んだ人間であった。べつに直接手を下せと命じられたわけではないが、彼みずから進んでやって見た。

彼は平生から特にそのころ江戸で有名な剣客針ケ谷夕雲《せきうん》の門に通うほど修行した人間であったが、実際に人を斬るとなるとなかなか理屈のようにゆかない。――

一人目は三太刀でようやく斬って、その晩彼は深酒をした。二人目はいちど物凄いからぶりをやって、あやうく尻餅をつくところであった。三人目を殺した夜は、あとで妻にきくとひどくうなされたという。四人目は首の切断面から奔騰した血潮を頭からしたたか浴びた。それは沸いた湯みたいに熱かった。五人目は、罪人があまりあばれるので同心数人に命じて押さえつけ、さて、ねじ切りにちかい斬り方をしなくてはならぬ破目になった。六人目はどうしたことか、頸部に斬り込んだ刀を筋肉に挟まれて、恐ろしい力で手からもぎとられるという失態を演じた。七人目のときは、やはり噴出した血潮がもののはずみで、かっとあけた彼の口からのどの奥まで飛び込んで、それから数日、食う物すべてからなまぐさい血の匂いがとれず、二、三度吐いた。八人目は刀が折れて、二度目に斬った。九人目を斬った日は、これは新刀ではじめて会心のわざを見せられたと思っていたのに、すぐそのあとで、血もついていないのに飼犬にひどく咆《ほ》えられ、かっとなってこの犬に斬りつけたら、犬は斬れないで、きっさきでおのれの足指を傷つけた。十人目は、こんどはまた手許が狂って、首が半分とれたやつが、ふりかえりざまいきなりしがみついて来たので格闘的に殺すという醜態をひき起した。

後年になっても、中山勘解由は、この最初の十人ばかりの手応えはいろいろ生なましく思い出すことが出来た。ところが、罪人の風体が浪人であったか職人であったか無頼の徒であったか、その方はきれいさっぱり忘れている。彼らの罪状が何であったかも全然記憶がない。つまり無我夢中であったのだろう。

しかし、彼は張り切っていた。十人を過ぎたころから、やや力やタイミングのコツが会得《えとく》されて来たような気がして、はじめて、「これならやれる」と何とか自信が持てるようになった。

故障は思いがけない方面から来た。

「あなた。……」

或る日、細ぼそと呼ばれて勘解由は、数カ月のあいだに妻の顔が別人のようにやつれているのにはじめて気がついた。

「あの……お願いでございます……ただいまのお役、おことわり申しあげていただくわけには参りませんでしょうか?」

「なぜだ?」

と、勘解由はびっくりしたようにいったが、妻の顔色から彼女の哀願の理由をすぐに察した。しかし、意外感は変らない。それどころか、その驚きには怒りすら混った。

「何をとんでもないことを申すか。このお役を承ったとき、おまえは鯛までつけてくれたではないか」

「そのときは……これほどのことと思わなかったのでございます。まさか、ここで毎日お仕置きをなされるとは。——」

まことに現代なら途方もないことである。しかし当時としては、これに限らず、役職を勤める武士は私邸で公務をとることが多かった。公私の別があいまいであるというより、武士たるものはおのれの生活のすべてを主家に捧げている以上、私邸はすなわち公邸であるという見解によるものであったろう。それは承知しているはずの妻が、ついにこんなことをいい出したのはよくよくのことである。——

とは、勘解由は考えない。

「これ、このお役、首尾よう勤めあげたら、大目付という話を忘れたか」

「忘れてはおりませねど……かようなことまでして大目付にならなくてもよいのではございますまいか。……あなたさまが大目付におなりなさるまでに、わたしは心も五体もどうにかなりそうでございます。げんに、いま毎夜のように助六郎が夢を見てひきつけを起しております。……」

「たわけめ！」

と、勘解由は叱咤した。

「かようなことをしてまでとは何じゃ。武士は人を斬るのが務めであるぞ。しかも、何も理もなく、私情や遊びのために斬っておるのではない。御閣老よりの御下知で、悪党どもを成敗しておるのじゃ。戦場で敵の首をとるのと同様の行為ではないか」

「は、はい。……」

「助六郎は毎日斬首の場に立ち合わせよ、よいか!」

「………」

「ともあれ子女《おなご》の口出しすべきことではない。あのここなふつつか者めが!」

彼は出世、あるいは公務執行のためばかりでなく、たしかに自分のしていることは正義の使徒としての天道に叶っていると信じていた。

その翌年の夏、中山勘解由の勇名をいちどに世にあらわす事件が起った。

四

二年ばかり前、旗本奴の白柄組《しらつかぐみ》の頭領水野十郎左衛門が切腹させられたとはいえ、無頼の旗本がそれでまったくあとを絶ったというわけではない。そのたぐいの連中は、いっとき鼻息を休めたもののなお残存し、それどころか何らかの機会さえあればまた勢いを回復しようという動きがありありと見てとられたのである。

これに対して、町奉行や寺社奉行は容易に手が出ず、盗賊改めの中山勘解由も、浪人や町人にくらべては幾分手控えているところがあったのだ。老中から——その三月に大老となった酒井雅楽頭から、「江戸界隈の悪は寸毫も見のがすことなく、片っぱしから斬ってしまえ」とは命じられたものの、さすがに旗本を人参のごとくひっくって、大根のごとく斬るわけにはゆかない。いや、そういう斟酌《しんしゃく》よりも、同輩意識から思い切ったことの出来にくいのは当然であった。

しかし、彼が恐怖心からそれらの手合いに遠慮していたわけではないという事例が、果然惹起したのである。

その夏、神田の湯女《ゆな》風呂で三人の旗本があばれ出した。その風呂で一人の男を斬り殺し、十三人の人間を人質にして二階に立て籠った。主犯は白柄組の残党で、金子鬼《き》郎太《ろうた》という二千石の旗本であった。

十三人の人質のうち十人まではやはり旗本や御家人であったが、何しろ相手がめちゃくちゃなやつらで——あとでわかったところによると、三人の犯人はそれまでの不行跡から近いうち隠居や押込めを命じられることになっていて、自暴自棄になっていたらしい——手も足も出なかった。

三人の白柄組は二階の障子をあけはなち、欄干の前に台を置かせ、そこに一人ずつ腰うちかけて、やはり人質にした三人の半裸の湯女に手淫や口淫をやらせて、往来に雲集した群衆の見物に供するという傍若無人ぶりを発揮しはじめた。

ばかばかしいとも呆れはてたとも何とも評しようがないが、もともとばかばかしいこと呆れはてたことを、当代に生きる生甲斐としてやりはじめた白柄組で、しかも彼らはこの乱痴気騒ぎを武士としての人生のフィナーレとしようとしている覚悟さえ見える。

同じ神田に屋敷があるが、あいにく市中巡検に出ていて、勘解由がこの騒ぎをきいたのは夕方であった。彼は馳せ戻り、現場に急行した。

そこには町奉行所の者はもとより、盗賊改めの与力同心もひしめいていたが、ただあれよあれよと見あげているばかりであった。

このとき金子鬼郎太は、湯女の手によって白濁したものを盛大に射出し、それは霧のごとく往来に降って来た。

「みな、何をしておるのじゃ」

と、勘解由は叱りつけた。盗賊改めの同心たちはヘドモドしていった。

「何しろ人質を十三人も捕えておるので、どうにもならぬのでござる」

「あっ……いまので五回、それでなおピンシャンとしておるとは恐るべき人物でござるな」

勘解由はきっとして改めて二階を見あげた。

見下ろして、金子鬼郎太は油をぬった能面みたいな顔に唇を吊りあげて、にやっと笑った。

「これ、盗賊改めとやら。このごろ世の虫ケラどもに威をふるっておるらしいが、こんどの虫は少し大きいぞ。俵藤太の退治した三上山の百足《むかで》よりももっと大きい。――」

行状的にもめちゃくちゃな旗本であったが、刀術の上でも実際に恐るべき男に相違なかった。彼は、以前勘解由も熱心に通った針ケ谷夕雲の門でいっとき師範代まで勤めた使い手で、その後かかる乱行に脱線したのもそういう修行がまったく役に立たなくなった時勢への癇癪《かんしゃく》もあったことはたしかであった。そして、いま彼の相棒たるもう二人の旗本も、同じく針ケ谷道場では、勘解由より一枚も二枚も上の腕の持主であったのだ。

鬼郎太はいった。

「せっかく来たなら、もそっと近くに寄れ。もうひと吹き、男の中の精汁で、うぬのちぢみあがった肝っ玉を洗ってやろう。勘解由、来ぬか。――」

「そこへ参る」

と、中山勘解由は、湯屋に一人、突入していった。みな、あっと口をあけて見送っただけで、あとを追うひまもない出来事であった。

中でも意外とはしたであろうが、たちまち三人とも、御参なれと階段に駈け向う。

勘解由は下から上りつつ、途中で二人斬り落し、階段の上で金子鬼郎太をみごとに斬り伏せた。——

あとになって、勘解由も、「あれはどうしたことであったかな」と首をかしげて、かえって慄然とした顔色になったという。

「あの狂に対する正義の怒り、あの悪に対する誅戮《ちゅうりく》の責任感のなせるわざ、それ以外の何物でもない」

が、またしばらく考えてから呟いたという。

「しかし、あの三人を斬れたのは、やはりそれまでおれが何十人か、人間の首を刎《は》ねたという体験の差であろうな」

この決闘も人々の耳目を聳動させたが、さらに驚くべきことは、そのとき人質になった十人の武士をしょっぴいていって、勘解由がみな処刑してしまったということであった。

「十人もおって、三人に人質となる、その醜態、男として生きるに値せず」

という罪案である。

ずいぶん乱暴な罪案であるが、これまでも勘解由は、「疑わしきは斬る」という方針で検挙者を片づけて来ている。

ただし、一方でこんな話もある。

その後、やはり無法者の中に向溝八左衛門という男がいて人を傷つけた。そこでこれを逮捕してから噂をきくと、同じ仲間に同姓同名の向溝八左衛門という男がもう一人いて、その罪を犯したのはどちらかはっきりしなくなった。

しかし捕えられた八左衛門は、その罪にあたるのはおれだと白状した。その日にもう一人の八左衛門が、その罪にあたるのはおれだと名乗り出たのである。かくて、おれだおれだと両人罪をいい争っているのを黙ってきいていた勘解由は、ふいにからからと笑い出した。

「もういい、両人とも許してやる。縄をとけ」

と、同心にあごをしゃくり、

「以後、気をつけろ」

と、向うへいってしまったという。

大老酒井雅楽頭は、こんな話をきいても知らない顔をしていた。

五

あとになってかえりみれば、これほどの勇者に成長しても、勘解由ははじめの三年間ばかりはやはり無我夢中であったのだ。どんな職業でも、同じことである。

そして、どんな職業でも同じように、次に煩悶期が訪れた。

ふつうの仕事では、これだけ一生懸命にやっているのになぜ成績があがらないのだろうとか、自分のやっていることにどれだけ意味があるのだろう、などいう懐疑だが、彼の場合、部下がどんどんつかまえて来たやつを自動的に片づけてゆけばいいのだし、仕事の意味に至っては、世の虫ケラどもを清掃するのだという確信に動揺はないのだから、この点では問題はない。

が、いかに単細胞的な、あるいは、よくいえば男性的な――おそらく酒井雅楽頭はそこを見込んだ――中山勘解由にしろ、手がけるものが犯罪なのだから、やがていろいろの迷いが生じて来たのは当然だ。それはいろいろあるが、その最大にして最も核心的なものは、やはり無実の者を斬っているのではないかということであった。

それが、三年くらいたって、やっと疑いを生じて来たというのは少し鈍感なようだが、それにはそれなりの理由がないでもない。まさか何もしない者を配下がひっくって来るとは思わなかったし、前にもいったように瓜田《かでん》に履《くつ》をいれた者は瓜を盗まなくても斬る、というのが彼の方針であったからだ。それはまた雅楽頭さまの御意見でもあった。――

このたてまえにいささか疑問が生まれて来たのは、しかし彼の内部からではなく、外部からの反応によるものであった。

つまり、処刑された連中の仲間やら遺族やらが騒ぎ出したのだ。勘解由としては、疑わしきは成敗するという原理そのものに警告的効果を認めていたのだが、成敗される方は叶わない。瓜田に履をいれるな、といっても、瓜田とは知らなかった者もあり、履はいれずただ近くを通りかかった者もある。また、まったくの人ちがいということもある。

「鬼勘解由」

という異名が江戸の巷間に伝えられていることをきいたときには、

「ふむ、鬼勘解由がにらんでおるぞ、と悪党どもが戦慄しておることはおれの望むところだ」

と、むしろ満足げな笑いを浮かべていた彼も、夜々、屋敷の外から、

「鬼、外道」

「あんなことで、人間一匹、殺されてたまるかやあい」

「それどころか、おまえは何の罪もない者の首を斬ったぞ。——」

「殺された者が化けて出るぞ。いや、いまもそれ、屋根の上にずらりと生首がならんでおるぞ。——」

そんなさけびとともに、門に石や馬糞を投げつけられるのには——はじめのうちは「あれ捕えろ」と配下に駆け出させていたが——これも何カ月かつづくと、少し考え

込んで来た。呪いの声を投げる連中はむろん追われて一目散に逃げ去るが、しばらくするとまた何処からか鉦《かね》とともに恨めしげな御詠歌の大合唱などを風にのせて送って来るのである。

先天的な殺人愛好者ではなく、或る意味では甚だ健康的な人物であっただけに、ここで彼はちょっと反省した。

「これ、罪なき者を捕えてはならぬぞ」

と、同心たちに厳命し、自分も、捕えられて来た人間を以前よりは念をいれて調べることにした。

ところが、調べれば調べるほど、いやになることが多いのである。これは彼にとって、一種の人間研究となった。盗賊改めという職名だからまず第一番の対象は泥棒だが、これが訊問してみると、いちいち三分の理屈をこねる。また職名はともかく一切の法律違反者を検挙するたてまえでやって来たのだが、それが無実であると有罪であるとを問わず、生殺与奪の権を握った者の前にすえられると、むろんみんな不必要なまでに嘘をつく、いいのがれる、人に罪をなすりつける。そしてすべてを剔抉《てっけつ》し、追いつめても、自分が悪人であり、自分が悪いことをしたと思っているやつは一人もいない。――いつの世の囚人も同じことである。――いかに人間というやつは卑怯で、しぶとく、往生際が悪いものであるかということを彼は思い知らされた。無実であるとわかっても斬りたくなるやつが多く、かつ彼は甚だ不快感を以てこれを斬った。彼は次第に人間嫌悪症になって来た。

外部からの罵りばかりではなく、彼に対する妻や子の眼も悲哀の度を深めて来る。

――

子の助六郎は、いっときむりやりに断罪の場に見学させられ、はじめはむろん恐怖の極致にある反応を示したが、そのうちややや馴れて、ふたたび強く正しい父へ讃嘆の眼を向けるようになった。が、その子も十歳を二つ三つ越えて来るようになると、また疑惑の表情が漂い出して来た。少年の心にも次から次へ認識の波が色調を変えて起伏していることは明らかで、それをもう父はどうすることも出来なかった。

ときどき、何ともいえぬ哀しげな顔で外から帰って来る。

「鬼勘解由の子」

と、友達から呼ばれたという。

妻のお竜はあれ以後、口に出して何もいわなくなったが、夜々の睦《むつ》びは睦びとはいえないものになって来た。何となく、しっくりとゆかないのである。或る日、六人を斬った夜「あなたには血の匂いがします」と細ぼそといって、しかも頑として拒否されてから、ふっつりとこの関係さえも絶えた期間がある。

そのためばかりではなく、自分でもわけのわからない悩みと苦悶のために――こういう点では謹厳な彼が、いちど築地の或るところにある岡場所にいったことがある。禁制の私娼窟だ。そのころ彼は、夜な夜な自分が斬った人間の悪夢に悩まされて、独り寝の恐怖に耐えかねたのである。

私娼窟はむろん法律違反だが、こういう存在には原罪的な力があって、いかに幕府が根絶しようとしても、梅雨時《つゆどき》のカビのごとく消え失せない。――それはいいとして、どうしてそういうつもりになったのか、彼の方が身なりを変え、うらぶれた浪人風の姿に身をやつしてそこへ出かけたものだ。探索のためではない、公認の吉原などではすでに自分の顔は見知られているだろうと憚《はばか》ったのである。もっとも特に身をやつさなくっても、そのころ彼は髯を剃る気さえ失って、へんに痩せて、とげとげしい悪相に変っていて、だれが見ても狂犬的な浪人風であった。

そういう手合いばかりを客にしている売女だから、何の恐れげもなく薄汚れた臥床《ふしど》に彼をみちびいたのだが、いざという場になって、ふいに女は彼をつきのけた。

「おまえさんには血の匂いがするよ。――」

と、彼女はさけんだのである。

わけもわからず、勘解由は飛びのき、駈け出し、その魔窟を逃げていった。――するとと、或る辻で、四、五人の侍がきっとしてこちらを見ているのに気がついて立ちどまった。

――おう、あいつらだ。

それが自分の部下の盗賊改めの同心たちだと知って、思わず、「御苦労」とその方へ歩きかけて、ふと自分の風態に気づき――あとで考えれば何とか弁解の理屈もつけられたろうが――反射的に彼はくるっと背を見せて、逃げ出した。

「おお、きゃつ、怪しきやつ、ひっ捕えろ！」

果然、獲物を見つけた猟犬のごとく配下たちは追って来る。

こけつまろびつ、勘解由は逃げた。そして、死物狂いにやっと追跡者をまいたと知ったあとでもなお夜の町を走りながら、自分の無惨な姿に歯がみをした。

――ば、ばかっ、なぜおれはこんな姿であんなところへいったのか。どうしてこんなばかげた逃走をやらなくてはならぬのか。

彼はおのれを罵った。何よりも、自分がこんな姿に身をやつした根性がいきどおろしかった。

このころが――それはちょうど盗賊改めを拝命して六年目のころであったが――勘解由にとって最大の危機であったろう。そして、或る事件が起らなかったら、そのまま彼は変なことになってしまったかも知れない。

六

ちょうど、そのみずから招いた災難から二、三日後のことであった。

自分を追っかけた同心たちが、二人の凶漢を捕えて来たのを彼は何くわぬ顔で迎えたが、その凶漢を見やって、

「——はて？」

と、妙な表情になり、

「おお、うぬらは！」

と、さけんだ。それは二年ばかり前、彼みずから解き放ってやった同姓同名の向溝八左衛門という男たちであったのだ。

「こやつら、何をしたのじゃ？」

「これが例の連続娘殺しの下手人でござる」

それはここ一年以上も、江戸の娘たちを恐怖のどんぞこにつき落した悪鬼のような犯罪であった。

相ついで——それまでに十数人も、美しい娘たちばかりさらわれて、数日後その屍骸が発見されたのだが、屍骸から見ても人間とも思われぬ凌辱が加えられたことは明

らかであった。

「とうてい一人のわざではない、と見ておりましたが、ふとしたことでこの両人の所業だということが判明いたしたのでござる」

二人の八左衛門は観念したのか、ふてくされたようにそらうそぶいた。

「いや、面白かった。これでこそ男として生まれて来た甲斐がある――」

「女どもは、いのちが助かるためにはどんなまねでもやった。――それを絞め殺す快味というものは」

「絞められるときの絞めかげんというものは」

そして彼らは、勘解由を見てゲラゲラ笑った。

「おかげさまで、あれから二年愉しませてもらった。まったくおまえさまのおかげじゃ」

「死ぬことは覚悟のまえじゃ、三文盗んでもここでは首を斬られるという。あれだけやって、首一つ斬られることは同じじゃとは、こっちからお釣りを進ぜたいくらい」

「さあ、スッパリやってくれ。なるべく派手に。――」

「あの世へいって、またあの娘たちをなぶってやろう。それが愉しみじゃて」

これだけいいたい放題のことをいうのに、同心たちは黙って勘解由の顔を見ていた。

彼らはこの凶賊たちがいま勘解由をからかった言葉を以て、自分たちも勘解由への非難の言葉としたかったのだ。

が、この頭《かしら》に正直に苦渋の色が墨汁のようにひろがるのを見てとると、今わかられたか、といった表情になり、口々にさけび出した。

「お聞きのごとく、天人ともに許さざる人間獣、ただ首を斬っただけではあき足らぬ」

「それでいま一同談合したのでござるが――殺す前に、およそこの世で人間がなめ得るかぎりの業苦《ごうく》をなめさせてやろうではござらぬか」

「耳は長い錐《きり》で鼓膜をつき破る」

「眼は指でまぶたをおしあけて、目球《めだま》を針でプスプスとつき刺す」

「口には糞を詰めこむ」

「からだじゅうの肉はやっとこで数百カ所つまみとり、ひきちぎる」

「陰茎にはさきに膠《にかわ》を盛ってかたまらせてふさぎ、尿《いばり》が腹をふくらませるにまかせる」

「そして殺すときには首を斬らず、三日がかりくらいで腹を鋸でひき切ってつかわしたい――」

聞いていて、さすがに二人の八左衛門は鉛色の恐怖の相をあらわして来た。

同心たちはいった。

「これ天も許したもう正義の業罰《ごうばつ》でござる。——お頭には、またべつに妙薬がござりませぬか。この畜類のほざきおったと同様、こちらも男として生まれ甲斐のあることはなんでもやってみる所存」

「いや、わしが斬る」

と、地鳴りするように勘解由はいった。

いちど悔いのため黒ずんだ彼の顔は、このとき奇妙に清朗なものに変っていた。彼は刀を抜き払った。

「ただ……斬るのでござるか。それは、こやつらにとって——」

「こやつらはどうでもよい。おのれのために斬るのだ！」

と、勘解由はさけんだ。

そして彼は、二人の悪党を穴の前にすえ、水もたまらず二つの首を斬り落すと、いきなり家の中へ駈け上った。同心たちのみならず、妻のお竜も子の助六郎も出て来て、唖然として見まもる中に——彼は何と仏壇をかつぎ出して来た。何やら心に噴火立ちのぼっているらしいが、人間わざとも思われぬ怪力である。

「中山勘解由、きょうよりは神も仏も捨てて鬼となる！」

と彼は絶叫して、その仏壇を庭めがけて投げつけた。それは砂けぶりをあげて粉々に散乱した。

「断！」

勘解由は蒼い天を仰いでうめいた。

「いざ、もはや迷いなく、これより悪党どもの屍山血河をこの地上に描き出してくれるぞ！」

七

おたがいにみずから罪を着合う、という芝居がかった男伊達《おとこだて》の真似についころりとだまされて、みすみす二人の悪党を放ちやったために、なおこの世に惨事を残すことになった。その二人の悪党に何とか誅戮を加えた。

本来なら、それでも心が霽《は》れず、なお悔いの残るところである。事実、数瞬、彼は痛恨した。しかしその直後彼は豁然《かつぜん》として悟りをひらいたのである。あらゆる悟りとひとしく、理らしい理はないが、強いていえば、

「われ、悪において寸毫の容赦《ようしゃ》はせず」

という鉄石の誓いが心によみがえったのであろう。——あたかも修行の道に苦悩する剣人武蔵が、「円」の一字に大悟して剣心一路をひたばしりはじめたようなものか。仏壇を投げつけたとき、彼は「断」とさけんだが、それはまさにそれまでの迷いから

みずからを断ち切ったよろこびの声であった。

彼はその翌日、全同心を出動させて、三、四日前に自分が買いにいった私娼窟の掃蕩にあたらせ、その業者売女ともに数十人を捕えてみな処刑してしまったが、全然心にやましいものを感じなかった。

新しい彼の世界は、むろん「円」などいう境地ではなく、まことに恐るべき――彼自身宣言したような屍山血河の世界であったが、これより中山勘解由としては迷い期から脱して工夫期に入ることになる。彼は四十代に入ろうとしていた。

聞き込みの場所、密行の時刻、密告の奨励、囮《おとり》を使う方法、反間（逆スパイ）の術――など、与力同心と日夜研鑽を重ねたが、要するに一応法律的な手順を踏む奉行所とちがって恐ろしく荒っぽかった。

こんな話がある。

浅草の住民でちょっと金回りのよくなった男があったので、これをしょっぴいて絞めあげた。はじめはその儲け口についていろいろと事実をあげて弁明していたが、その儲けの元手は、その元手の元手はと追いつめていって、二年ほど前にばくちをやって儲けた小金がもとであったと判明した。普通ならそれで大した罪にもならず終るところだが、火付盗賊改めの手にかかってはそれでは済まない。そのばくちの相手は誰だということになり、それからそれへとたぐっていって、ついには江戸でも知られた名主や金持連中のばくち遊びがあばき出され、はてはそこに火付けの大盗まで出入りしていたことが発覚した。当時は物を大量に盗むために放火するという手がはやっていたのである。

これが中山組の典型的なやりかたである。とにかく、つかまったら助からない。右の話などはみごとに海老《えび》で鯛を釣り出した例だが、おそらく逆に針ほどの罪で棒ほどの罰を受けた者はそれに十倍したであろう。が、こんどはもう勘解由は動揺しない。彼は針ほどの罪に棒どころか剣をふるうことを根本の原理としている。ほかに町奉行所という機関もあるのにと、現代では不思議にたえないが、実際に盗賊改めという職は、こんなことをやったのである。

「火付盗賊改めは服務規定もはっきりせず、その上腕自慢の荒武者が就任するので、武士も町人も無宿者も、三奉行に遠慮せずどんどん検挙した。従って相当のゆき過ぎもあり、一般からは憲兵のように恐れられた」（三田村鳶魚《えんぎょ》）

現代では不思議にたえない、といったが、近代でも独裁国家にはあった。スターリンのゲ・ペ・ウであり、ナチスのゲシュタポである。いわば中山勘解由は江戸のゲシュタポ長官であったのだ。

ただ中山勘解由は日本の侍として、神学的な悩みなどはなく――いちじちくちくと何やら妙な痛みを感じたようだが、それは仏壇とともに投げ出し、あとはそんな悩みは影もとどめず――ひたすら「御奉公」の権化となった。

客観的には滅私というわけにはゆかない。大目付という出世の目標があるからだ。しかしそれも彼の心情としては家門回復のためで、生活的には滅私のつもりでいる。そのあらわれとして、そのころ盗賊改めの同心に――当然起り得ることだが――町方にゆすり、無銭遊興の類のことをしかけた者がある。それを知るや、彼はたちまち呼び出して、切腹もさせず、おのれの手で処断してしまった。

たんに組としての運用の工夫ばかりではない。彼自身、断頭の修練もおこたらない。夜な夜な剣をかまえて何百回となく素振りをくれる。斬首の訓練だから、当然それは現代において王選手が練習しているような光景になる。実際に中山家の或る場所のたたみはその部分だけすり切れてしまったほどである。

ときどき研究の結果を実地に験《ため》して見る。

片手斬りするとか、傘をさしたまま斬るとか、眼かくしして斬るとか。――いちじ、この方が不思議にうまく斬れるようじゃと片足あげて、左足一本で斬っていた期間もある。このときは首が穴を越えて、三間くらい飛ぶことがあった。

「……鬼勘解由じゃな」

と、これを見ていた与力がうわごとみたいに仲間にささやいたことがあったが、それは世間でいわれているような意味でなく、感嘆の述懐であった。

たんに自分だけの個人技ではなく、彼は一般的に処刑の法もいろいろ工夫したが、その一つに「首押切り」なるものがある。

「押切り」とは、台の上に刃を立て、その上に秣《まぐさ》などはさんで、一方の棒を手で動かして押しつけて切る農機具だが、これは長さ五メートルくらいの刃を置き、一方の棒は遮断機のバーくらいの太さのものにした道具を作らせた。

この刃に長い竹を割ったものをかぶせておき、十人くらいの罪人の首をさし出させてその上にのせ、竹の覆いを一方から引きぬいて刃を現わすと同時に、数人がかりでバーを動かしていっぺんに斬り落す。――

これを上下ひっくり返して、もう少し工夫を加えると中山勘解由は世界ではじめてのギロチンの発明者、いやカゲユという新刑具の創始者になるところであったのだが。

ただし、これは棒が下りる寸前、受刑者たちが狂気のごとく首を動かすので、肩を切ったり頭を半分斬ったりしてあちこち刃がこぼれ、結局あまり使われなかったが、しかし斬首の刑を前にしてもなおせせら笑ったり、見栄を張ったりするやからも、この道具には恐怖して、いかなることでもしゃべるからそれだけはかんべんしてくれと哀願しない者はなかったので、その点では効果があった。

しかし、異人であったら、普通の斬首よりもまだしもこの刑具の方を選んだのではないかとも思われる。これはただ馴れの問題だろう。

切腹なども実は最苦最悪の死に方なのだが、これを何のまちがいか人間の意志は肚《はら》にあると錯覚して以来、日本人は千年ちかくも最高の死に方として伝えて来たのだから、習俗とは不思議なものである。

以上は中山勘解由四十代前半の話だ。

八

このころから彼は、顔つきも渋くなり、動作も地味になった。与力同心たちが月に何度かの例となっている営業成績検討会で意見を交している席から、「わしはちょっと失礼する」といってひっこんで昼寝していたり、呼び出されて斬首の場に立ち合うときも、あくびなどしていることがあった。

「四十の中だるみかの」

と、自分でも苦笑したくらいだから、一種のスランプ期に入ったのであろう。彼は普通の職業人がよく中年期に襲われる一種の虚無感に人並みにおちいったのである。

肉体的な変化もあるだろうが、四十代というのは、過去をかえりみれば空《くう》、未来を望めばまた無という感慨に最もとらわれ易い年齢である。

これを力づけたのは、意外にも妻のお竜であった。

「まだそんなお弱いことを申されているお年ではないではありませぬか。まだまだ助六郎は、一人前ではありませぬし」

意外なというのは、この物語の原稿の上のことであって、彼女にもある変化は起っていた。しかも、ずっと以前から。

——最初のうちあれほど夫の仕事について悩んだお竜は、あらゆる世の妻と同じく女性特有の適応能力を示して、いつしか、夫以上に、夫の職業に誇りを持ち出していたのである。

彼女は、斬首の場にも平気で出るようになった。

もっともそういう場所に出て、目立って見物顔をしたり、ましてやさかしらな意見をのべたりすることは勘解由が好まないので、ただ午前と午後にいちどずつ同心たちや屍骸を小塚原へ運び出す小者たちにお茶を出しに現われるのである。しかし、斬首の手際が鮮やかだと、

——お見事でございます。

と、口には出さないが、眼でそう斬手を褒めて微笑むのであった。

このごろは勘解由が何をやっても可笑しくも悲しくもない顔をしているので、この夫人の方の反応をはげみとして精を出す配下も少くなかった。

内助の功充分である。

また子の助六郎に対しても、しょっちゅう「父上をお見ならいなさい」とか、「早く父上のようにならなければ」とか言いきかせ、二十ちかくなった助六郎も、いっときの少年反抗期を過ぎて、やがて来るべき自分の責任をはやくも肩にひしひしと感じているらしい懸命な表情であった。

「しかしなあ」

と、勘解由はときどき空《むな》しい顔でいった。

「これで指折り数えると、盗賊改めのお役について十二、三年にもなるぞ。が、まさか今の今大目付になれるとは思わぬが――いや、もはやさきざきでも、そのようなことはあてにしてはおらぬが、それにしても千五百石は変らぬなあ。……」

「いつまでも変らぬことはありませぬ」

と、お竜はきっぱりといった。

「お上は見ていらっしゃいます。あなたが今までのようにかげひなたなくお勤めに励んでいらっしゃれば、お上はきっとそれにお酬いになります。わたしは信じております。あなたもどうぞそれをお信じあそばして。……」

お上はお竜の信頼を裏切らなかった。それから間もなく中山勘解由ははじめて五百石の加増の報に接したのだ。

「それごらんなされませ」

お竜は意気揚々といって、その晩また赤飯に尾頭つきの鯛をつけた。……

その日も勘解由は三人ばかり手ずから斬ったのだが、さすがにほのぼのとした顔で一杯やりながらいった。

「五百石か。いったいわしは今まで何人斬ったのかなあ……」

「あなただけのお手がけになったのが、二千五百十三人でございまする」

斬った数にも、妻がそれを知っていることにもべつに驚かない。お竜は或る時点から夫の仕事の記録として帳面をつけ出したが、そのとき苦労して最初からの分も調べ、爾来その帳面は家計の帳面といっしょに彼女の居間の柱にぶら下がっていることを知っていたからである。

ついでにいえば、彼自身の方は公式には何も記録していない。——だからのちに、三田村鳶魚《えんぎょ》がこぼした。「勤め方の控えもなければ代々記もない。どういう風に仕来《しきた》っていたのかもわからぬような有様である。すこぶるきまりが悪いのです」

「すると、一石あたり何人になるのかのう」

「いくらでございましょうか。五百石の知行《ちぎょう》と申しましても、わたくし方に入るのはその三割五分でござりまするから、一人あたり何升になるかもあとで調べておきましょう」

「しかし、それにしてもよくもあとからあとから、首を斬られる者が出て来ることよの。浜の真砂と何とやらとは申すが。……」

「また出てくれなければこまりまする。考えようによっては、ありがたいことでござります。ほんとうに御苦労さまでござりまするが、いま少し頑張って下さりませ。……」

こういうところは、現代の昇給のきまった夜の中年の夫婦のしみじみとした会話と同じであった。

しかしこの加増は、勘解由にとってたしかに中だるみ解消の効果をもたらしたようである。といって、はじめてこの職についたときの若いころのような昂揚は特に見られなかった。

その代り彼はきわめてビジネスライクになった。
二、三年たって息子の助六郎には実地に首斬りを教えはじめた。
「肩の力をぬいて……肩の力をぬくことが肝要じゃ。これをわしは離楽須《りらくす》の心得と名づけたが……左足をもう少しひらいて……首を斬るのは、腕の力ではない。手首の力は必要じゃが、それよりも腰じゃ。腰の回転……よいか、見ておれ、わしがもう一つ斬って見せる。……」

そろそろ鬢《びん》に白いものが仄《ほの》見えるようになったのに、勘解由の妙技はなお驚くべきものがあった。

助六郎は敬意にみちた眼で父を見まもらずにはいられなかった。

が、またしばらくたつと、若い彼の眼に苦悶の波が通り過ぎ出した。助六郎にも悩み期が訪れたのである。

それを見てとったか、或る日勘解由はこともなげにいった。

「人を斬ることについていろいろ考えはじめたか、助六郎。——しかしな、わしがこここまでやって来た結論はじゃな、人間というやつはみな悪いことをやるのが好きな善人か、ときどき善いこともやる悪人か、で、例外はまずない。いずれにしても斬り殺してさしつかえない。またこの世に、有害無益でない人間は一人もない、少くとも、この世に絶対必要な人間は一人もない、ということじゃ。あまりそういうことに気をつかうな。それ、離楽須の心得でやれ。……」

しかし、助六郎はやがて不眠症にもかかったらしく、その徴候が顔貌にあらわれた。

「生首の夢を見たか、幽霊を見たか」

父は慈味にみちた笑顔できいた。

「実はこの年になって、わしもときどき、いまでも見るぞ。これればかりはいかに修行してても、いかんともしがたい奇態なものじゃ。しかし、わしの夢に出て来る幽霊どもは、何しろ数が多うての、幽霊も一人だとこわいものじゃろうが、これが何十人も何百人もぞろぞろと現われて来ると、かえって可笑しい。おまえも早うそうなることじや」

「べつに強がったり虚勢を張ったりする父ではないことを、助六郎もよく承知していた。中山勘解由は五十の坂にかかろうとしていた。ときどき本人は腰が痛いなどとこぼすことがあったが、客観的に見ればこのころが、いわゆる円熟の境地というやつであったろう。

九

中山勘解由が四十九歳のとき――それは延宝八年の夏であったが、大異変が起った。将軍家綱の他界である。

それも一大事にはちがいなかったが、ものに驚かぬ彼をそれより愕然とさせたのは、自分の現在の職を命じ、ゆくゆくは大目付の地位を約束してくれた大老酒井雅楽頭の失脚であった。

しかし、あとをついだ五代将軍綱吉と老中堀田筑前守は、中山勘解由の職を変更しなかった。

それどころか、爾今もその特殊任務にますます精勤せよと内意があって、なんと千石の加増を以て励ましたのである。特殊技能者《スペシャリスト》は強い。

都合三千石。

安堵し、自信を得たことはいうまでもない。

それでなくてもこの年齢《とし》ごろからだれでもそうだが、中山勘解由もそろそろ自慢期に入る。

たしかにその任を超人的に勤めたという点で、彼は自慢する資格はあったかも知れないが、それにしてもおのれのやった仕事に、彼は大変な意義を設定した。

「わしは日本の地上からおびただしい虫ケラを掃除した。これらの虫ケラの子孫はあとその根を絶ったことになる。これは日本国にとって大いなる貢献じゃ」

それにしても、その時点においてなお彼は盛大に人の首を斬りつつあったのだから、とうてい根絶やしというわけにはゆかなかったが。

――もっとも、彼自身もいった。

「これは、いま目に見えて効き目があるというわけではないが、必ずや将来に影響があるぞ。見ておるがよい、やがて日本国には未曾有の泰平時代が到来し、さらに遠い未来、日本人からこれだけ劣等の種を勦滅《そうめつ》した――それだけ日本人の平均的素質が向上したという利益が、きっと目に見えて来る。――」

その神憑《かみがか》りにちかい顔を見ると――いや、それを見ない作者でも、その後まさに到来した元禄の泰平期や、さらにその後においても、大天才とか大英雄とかいうものは一人もないのに、日本がいくどか世界の空へ向って離陸出来た原因の一つが、日本人が小粒ながら比較的粒がそろっているせいではないかと思われるにつけても、それは中山勘解由がせっせと犯罪者の大群の首を斬ってくれたおかげが、ちっとはたしかにあったのではないかと、眉に唾つけつつも信じたくなって来る。

もっとも彼の観察によると、生きていてろくな人間は一人もいないそうだから、その理屈をひろげてゆけば、日本人すべて根絶やしにするのが一番効果的であったはずではあるが。——

天和三年一月二十七日、「盗賊改め」が「火付盗賊改め」と改称されたのにつれて、むろん勘解由はその初代となった。五十一歳である。

その直後の三月二十九日、彼は八百屋お七を鈴ケ森に刑殺している。

人も知るようにお七は、いちど類焼の厄に逢ったときたまたま寺小姓の吉三郎なる美少年と避難先で同居してこれを恋し、もういちどそうなりたいために火をつけたものだが、この動機の稚なさを見てもわかるようにそのとき十六歳であった。当時の法では十六歳を成年とする。

老中の一人、土井大炊頭《おおいのかみ》がその年齢をきき、哀れに思って特に中山勘解由を呼んでいった。

「お七とやらはいまだ十五歳と申すではないか。十五歳ならば、寛仁を旨となされる当代上様のお心もあり。……」

みなまでいわず、中山勘解由はぎろっと大炊頭を見てさえぎった。

「その点については、お七幼年のころ谷中感応寺に心願の額をかかげたことあり、それを取り寄せて調べましたが、たしかに当人の筆で、延宝四年春二月本郷お七、九歳筆、とございました。しからばことしはまちがいなく十六歳と相成りまする」

謎が通じなかったのではない。老中の法律違反の私情をたしなめる厳粛な眼であった。

これよって十六歳のお七は火あぶりの刑に処せられた。

それから、そのころ火付けの大凶盗団の首領で鶉《うずら》権兵衛なる者が町奉行所に捕えられて、いかなる大拷問にもおのれの犯罪や一味のことを白状しなかったので、勘解由が自分の方へ転送させた。

そして権兵衛と相対して腰をかけ、髯を抜きながらいった。

「わしはな、とどのつまり、うぬに白状させずにはおかぬぞよ」

じいっとにらみ合っているうち、鶉権兵衛は総身《そうしん》からあぶら汗をながしはじめ、突然へたへたとしゃべり出した。

ところが勘解由はそれでは済まなかった。白状したあとから拷問にかけ出したのである。——

むろん、白状の上にも白状を重ねさせようというつもりであったろうが。——鶉権兵衛もまた、同じ天和三年六月十二日、鈴ケ森で火あぶりになったが、磔柱が立てられたときからすでに彼は、半壊の人間器具のようであった。しかも、その姿で——そのあと火がつけられても、口から火を吐きながら権兵衛は、

「悪鬼勘解由、この恨み、いつか霽《は》らさでおくべきか」

と、吼えつづけた。——それはいいのだが、その同じ声が、同時刻、江戸の神田の中山家の屋根の上でも鳴りわたったという。——これはしかし、伝説であろう。

貞享《じようきよう》三年、ついに勘解由は、さらに一千石、合わせて四千石の禄を与えられるとともに、ついに大目付に任ぜられ、中山丹波守と名乗るようになった。五十四歳である。この夜、目の下一尺くらいの大鯛が出されたことはいうまでもない。

大目付は、大名、大旗本、高家を監察する役で、もはや巷の火付盗賊などにかかわる位置ではない。

しかるに彼は、その後もしばしばこのたぐいの処刑の場のまわりをウロウロすることをやめなかった。

もっとも、そのころは子の助六郎が中山勘解由を名乗り、ひきつづいて火付盗賊改めを仰せつけられていたから、やはり彼の屋敷がその役宅ではあった。

中山丹波守がそこへ出て来るのは、息子の仕事ぶりを監督するためというより、ま

ず何よりもう長年の習慣から離れられない、クセによるもののようであった。もっとも彼は、ガミガミとよく叱言をいったが、その顔にも姿にも、長い勤務から離れた哀愁、寂寥の風がまつわりついていた。それは現代で定年退職した官吏などが、もとの官庁をウロウロしたがる風景に似ていた。

「わしの若いころはよかった。……」

彼の口ぐせは、一般の老人の例にもれなかった。

「第一、つかまって来る悪いやつらさえも、あっぱれな根性を持っているやつが多かった。……」

その一方で彼はまた、その壮年時懐旧の述懐とは矛盾した、わけのわからないことをいった。ときどき、「どれどれ」と手ずから罪人を斬って、

「わしもようやく斬頭の奥義を体得したように思う。いまこそ口はばったいが名人の域に達したように思う。斬らざるに刀光紙背に徹すといおうか。……いまから見ると、若いころはまだ至らぬものであったよ。思い起せば慙愧《ざんき》の至りじゃ。この道の至妙、なかなか以て容易に悟れるものではないことを、若きやつばら、よく胆に銘ぜねばならぬぞよ。……」

と説教した。

その姿にまつわる鬼気には一様に打たれつつ——しかし、彼の壮年時の颯爽、勇壮、

凄絶の武者ぶりを知っている者はまだたくさんあって、だれもが、

「いや、あの方も衰えられたよ」

と、いたましい眼で見まもっていたのである。

それからまた火付盗賊改めの与力同心たちはささやき合った。

「それにしても丹波守さまは、ひどく老いられたではないか。申されることもばかに老人くさいが、それよりお顔がよ、おからだがよ」

「まだそれほど老いられるお年でもないのに。――」

そして、みな背中をうすら冷たい風に吹かれたような顔を見合わせた。

「何千人も人の首を斬ると、ああなるか。……」

十

風貌の変化はともあれ、気力はなお旺盛で、大目付となってから彼は、またそのころ性懲《しょうこ》りもなく復活して来た旗本無頼集団の大小神祇《じんぎ》組二百余人を刑殺している。

「わしは、まだまだ。――」

その凄烈な声の余韻はまだ人々の耳をふるわせていたのに――その翌年、貞享四年七月二日、彼は燃える大蠟燭《ろうそく》がはたと風に吹き消されるように死んだ。

巷には伝える。中山家には、斬首された者どもの呪いがまつわりついて、幼い孫たちが夜々行燈の油をなめ、これを見た丹波守がその孫の一人の首を斬ってしまったとか、彼の死にざまは骨も肉もグタグタにゆるんだ病名不詳のものであったとか、葬式のときその棺桶に雷が落ちた、とか。――

「これらの評判はみな本当のものではなく、手荒いために世間から憎まれたものだろうと思います。御役を召しあげられるどころか、なかなか首尾がいい」

と鳶魚もいっているが、中山丹波守は――いや、かくも史上に勇名を残したのだから、やはり勘解由と呼んだ方がよかろう――中山勘解由は、大いなる満足を以て血風に彩られたおのれの人生をふりかえりつつ眼を閉じたであろうことを作者は信じて疑わない。

あたかも敵の大軍を撃破して凱旋した猛将か、いかんなく民から収奪しぬいて栄職を極めた大官吏の終焉のごとく。

「この勘解由どのはおよそ三万人余、殺し申されし由」(江戸真砂六十帖)

お江戸英雄坂

一

「おれは英雄になりたい」

いくら江戸時代でもこんなせりふを吐けばだれでも笑い出す——一番笑い出しそうないわゆる文化文政のころ、その文政二年春のことであったが、鍛冶橋にある越後椎《しい》谷《たに》藩の江戸屋敷へ新しく江戸詰めとしてやって来た赤嶽《あかだけ》大次郎がそういったとき、はじめは、だれも笑わなかった。

なぜならその赤嶽大次郎という若い侍は、彼がそう宣言しなくっても、まさに英雄の相貌を持っていたからである。背は六尺にあまり、筋肉はふしくれだっている。関《かん》羽《う》のようなひげをはやしているのみならず、風にそよぐ胸毛といい、手足の毛といい、威風堂々、絵に描いた豪傑そのものだ。

馬鹿やうぬぼれでこんな時代錯誤なことをいい出したのではない。彼は武道のほうも一刀流の免許皆伝であるのみならず、江戸に来たのも昌平黌に入学したいという望みを抱いてのことだ。そういう望みを藩が叶えてやったところを見ても、馬鹿でないことはわかる。そしてまた彼が「英雄になりたい」といったというのも、自分に英雄の素質があるとうぬぼれているわけではなく、「とにかく後世に名の残るような仕事をやって死にたい」というひたむきな意欲の別の表現なのであった。

彼の住むお長屋からは、朝な、夕な、朗々たる詩吟の声が聞えた。

「鞭声《べんせい》粛々夜河ヲ渡ル」や「雲カ山カ呉カ越カ」など聞き馴れたものの中で、いちばんよく彼が吟ずるのは、

「十有三春秋、ユク者ハスデニ水ノ如シ

天地始終ナク、人生生死アリ

イズクンゾ古人ニ類シテ

千載青史《せんざいせいし》ニ列スルヲ得ン」

というやつで、「それはだれの詩かな?」と聞いたら、彼は笑って「頼《らい》先生、十三歳のときの詩です」と答えた。頼山陽は当時最高潮の流行詩人であったが、さすがにその処女詩を知っている者は少く、それだけこの若者は山陽のファンであったといえる。

「いまの拙者の心琴《しんきん》にはこれがいちばんひびきます。拙者の頭は、頼先生十三歳のしやりこうべかも知れん」

と、髯の中からニッコリ笑う顔は、いかつい容貌なのにまさに十三歳の童子のようで、だれでも好感を持たずにはいられない。

「それにしては大きな頭だな。ははは」

人から好かれるのに困ることはないはずだが――一ト月もたたないうちに、好かれて困ることが大次郎の身に出来《しゆつたい》した。

主君の堀近江守さまお抱えの儒者馬道《うまみち》雨軒《うけん》の孫娘が、彼に甚だ好意を見せたのだ。最初は、祖父といっしょにはじめて江戸に来た彼を見にやって来たのだが、それからチョイチョイひとりで訪れて来るようになった。名はお那輪《なわ》という。

これがばかに美人だから困る。しかも、洗濯物やつくろい物の心配をしてくれるのはいいとして、

「まあ、凄い筋肉、その手を曲げて見せて」

とか、

「その胸の毛にちょっと触らせて」

とか、田舎から出て来た大次郎を絶句させるような言動を、平気でやるからいよいよ困る。そのうえ、大次郎がこんど昌平黌に入るについては、ひとえに雨軒先生の斡旋によるものだから、無下《むげ》に彼女を撃退出来ない義理があるのでますます困る。

真黒な眼がキラキラとよくひかって、椿の花弁のような厚目の唇がいつもぬれていて――あのひからびた雨軒先生の孫によくこんな娘が出来たものだと、ふしぎに耐えない。たんに美しいばかりでなく、大次郎の腕の筋肉に触りながら、下唇をつき出してふうっと甘ずっぱい息を吹きつけたりして、極めて煽情的である。もっとも、さす

がに漢学者の孫娘らしいところもあって、

「赤嶽さん、英雄色を愛すって御存知?」

などといって笑う。

田舎侍赤嶽大次郎はお那輪に翻弄されつくした。はじめは、遠慮会釈のない彼女の嬌態に四角四面にしゃちほこ張り、あぶら汗を浮かべて耐えていたのだが、そのうちに、彼女が来なくても、その幻に悩まされ出した。昌平黌で、教授の講義を聴いているときでさえ。——

数カ月後。——

「赤嶽、花のお江戸というくらいじゃから、天下のえらものはみな集まっておるじゃろう。だから、それには謙虚に学ばねばならんが、ただ女の魔物だけには気をつけいよ。——」

熱い霧の中をかきさぐるように、越後を出るとき藩の剣法師範役がこんこんと戒めた声を思い出し、彼は、そうか、このことか、あれはまさに魔物じゃ! となり、一大意志力をふるい起した。

それで、夏近い或る宵、菓子か何か持って来たお那輪の前に、いきなりがばと彼はひれ伏した。

「お那輪どの、毎々御親切にして下され、何とお礼の申しようもござらぬが……これからここにおいでになることはよしにして下され」

「あら？……どうしたの？」

「拙者は……これでも郷党《きょうとう》の期待を背に負って江戸へ学問に出て来たものです。それが……あなたは、その邪魔になります」

「勉強の邪魔？　お勉強のお手伝いならしてあげますよ、論語？　孟子？」

「いや、あなたの、その美し過ぎるのが、妄想の根源となるのでござる」

「赤嶽さん」

お那輪は嬌美《きょうび》に笑った。

「あなたの尊敬なさる山陽先生など、まるで女には眼がなくて、それであれだけの学者なんですよ」

「そんなあらぬ噂はあるが、それらの女性とは風流の上の御交際でござろう」

「そうかしら？　江馬細香《さいこう》なんて女詩人は、まったくのいろおんなじゃ、妻もある高名な学者にして、妾にするなら別、何たるふしだら——と、お祖父《じい》さまなんか嚙んで吐き出すようよ。いえ、あのお祖父さまなんか、もう床の間の置物みたいなもので、あたしは山陽先生をだからえらいと思っているのよ。なんとか、本気で、京都の頼先生のところへいって見ようかと考えたくらい」

「……とにかく、お願いでござる、拙者を助けると思って、爾今、拙者をお見捨て下され」

「お見捨て？　ホホ、何もそれほどあなたを見込んでいるわけじゃなくってよ、あまり、しょわないでよ」

もういちど笑いかけて、入口に立っていたお那輪はふいにふりむいた。まだ明るい外を、だれか野卑な高笑いを聞かせて奥のほうへ通り過ぎていった者があったからだ。

「あれはだれ？」

大次郎はのびあがって、

「お屋敷へ出入りの建具職人らしゅうござったな、障子をかついでおったところを見ると」

「こっちをむいて笑ったわよ」

「けしからんやつだ。いつか、叱っておきましょう。……とはいえ、職人風情にまで笑われるようになってはもはや終りでござる。どうか、お那輪どの。――」

「あなたを見て笑ったのよ、そんな大きなからだで、米つきばったみたいにお辞儀してるんだもの」

お那輪は急につんとした。そして、あともふり返らずスタスタと出ていった。頼んだはずの大次郎が、ふいに髯をぜんぶ持ってゆかれたような拍子ぬけをおぼえたほどサバサバとして。

二

——さて、こうなればこうなったで、また彼の煩悶がはじまる。

あのひとは怒ったのではあるまいか？　ただ親切にしてくれた女人にあんなことをいって、おれはあまりにも忘恩で身勝手な、田舎者過ぎたのではなかろうか？

それ以来、お那輪は来なくなってしまったけれど、それで彼女の幻が消滅したわけではない。いや来なくなってから、いっそうその肉感的な姿は、夢の中まで妄想の根源となった。もともと多血感の性なのである。

そのあげく、彼の長屋からは、朝な夕な、鞭声粛々の代りに、

「お那輪どの……うおお、お那輪どのう。……」

という切なげで、苦しげなうめきがもれるようになった。外を通る人間にも聞えるくらいだから、これはもう相当重症のノイローゼ状態といっていい。ああ、青春悩み多し。

「ええ、旦那、御気分はどうでやす」

若い職人風の男がひどくなれなれしく長屋に入って来たのは、夏の終りの或る夕方であった。大次郎はけげんな表情で見やった。

「おまえはなんだ」

「へえ、御当家お出入りの建具屋の若い者で」

そういわれても、それがいつぞやお那輪にお辞儀していた自分を笑った男だとは思い出さない。年はこちらとだいたい同じで、二十四、五、小柄で、鼠のようにはしっこい顔をした男であった。

「御気分はどうじゃとは何じゃ？」

「どうじゃは大蛇のでっけえので。――旦那はお病気ですよ、だからお見舞いにやって来たんでやすがね」

「おれが、病気？」

「恋わずらい――いま、お那輪どのウ……とか何とか変な声が通りすがりにも聞えたもんで、ああ、あの豪傑さんはお気の毒に、まだおてんばの妖術から醒めねえ」

「ば、ばかっ」

大次郎は真っ赤になった。

「ところが旦那、あっしが探索したところによりますとね、あのお嬢さまは、旦那ばかりじゃあねえ、ちょっと変った男がいると、すぐにちょっかいを出す尻軽娘で、このごろ旦那のところへ来ねえでがしょう、今は中村座へいりびたりってえありさまで、つまり或る役者の尻を追っかけまわしていなさる」

「──おまえ、なぜそんなことを知っておる？」

「あっしゃ、いまは建具職人ですが、もとはその中村座の木戸番の伜《せがれ》だったんで」

男は笑った。そういわれれば──といっても、大次郎にはわからないが──どこか、そんないなせなところがないでもない。

「ふうむ、よく雨軒どのが黙って見ておられるの」

「とてもあの御老人の手になんか、おえるお嬢さまじゃねえ。だから旦那も遠慮なさることはねえんです。ああいうのは、いきなり突っころばして突っこんでしまいや、それで借りて来た猫みたいにおとなしくなっちまうもんでゲスぜ。それどころか、それを待っていて鼻を鳴らしてうれしがるかも知れねえ」

「ばかっ、そんなこと出来るか」

「旦那、いまふと気がついたんだが、妙なことを聞きやすがね、旦那は、その、女を抱いたことがおありで？」

「そんなばかなことを。……」

大次郎はまた赤面した。国にいるときから、ただ武道と子曰《しのたまわ》くに明け暮れていたので、彼はこのとしでまだ童貞であった。

「へえ、そのおからだで。──」

建具屋は吹き出し、呆れたようにしげしげとこの髯の田舎侍を見あげ、見下ろした。

それから急に、

「ちょっ、ちょっと、旦那、出かけやしょう」

「どこへ？」

「吉原へ」

「ば、ば。——」

男は笑いながらいった。

「してみると、吉原へもまだ足踏みなすったことがねえんでござんすね、江戸へ勤番に来たお侍は何はともあれ真っ先にあそこへゆくもんだが——江戸へ来て、吉原も見たことがねえとあっちゃ、でえいちお国への土産話も出来ねえ」

「おれは江戸へ修行に来たのじゃ、そんなところへゆけば、修行のさまたげに——」

「だっていま、起きてはうつつ寝ては夢、お那輪どのウ……とうわごとをいってるようじゃ修行もへったくれもねえじゃござんせんか。いや、そんな御立派なからだで吉原も御存知ねえんじゃ、あたまが変になるのも無理はねえ。そりゃ、あそこへいって憑《つ》きものを落すにかぎる。女とはこんなものだと知ったら、あのおてんばなんぞへの河童《かっぱ》になりやす。さっ、ゆきやしょう」

袖をひっぱられんばかりにして、大次郎はその建具職人につれ出された。

大男の彼が、小男の職人にひっぱられて、ふらふらと立ち出でたのは、色気はともかく、むろん彼自身に吉原に対して絶大な好奇心があったからである。

長い夏の夕《ゆうべ》も、猪牙舟《ちょき》で吉原へ乗りつけたころは、もう灯のはいる時刻になっている。吉原は不夜城であった。真昼の江戸のどんな繁華街よりさんざめく人の波、軒をならべる華やかな見世々々、格子の向うに緋毛氈《ひもうせん》をしいて、そこに居流れる打掛姿の遊女たち。――赤嶽大次郎が魂を天外に飛ばしたように口をあけたまま歩いたのはいうまでもない。

「まるで、天女のようであるな」

「吉原へはじめて伺候つかまつり、でゲスか。へ、へ、太夫はいけません。昼三《ちゅうさん》の太夫というくれえで、揚げ代が三分かかりやす」

「へえ、三分」

一両すなわち四分で米が一石五斗六升買えた時代である。

「せいぜいあっしらのゆけるのア二朱女郎で――ああ、職人はつまらねえなあ、根かぎり襖を貼り障子を貼ったたって、月に一分がいいところだ。……」

「拙者とて、いま二分しか所持してはおらん」

「なに、眼さえつぶりゃ太夫だろうが二朱女郎だろうが、一切り百文の河岸女郎だろうがおんなじでさあ」

居酒屋で一杯のんで元気をつけて、かくて赤嶽大次郎はその晩二朱女郎で童貞を破ってしまったのである。一分は四朱だから太夫の六分の一の値である。

ともあれ、吉原なんぞ、修行のさまたげだ――とか何とかいったくせに、やるとなったら盛大なもので、体格にふさわしい雄偉なものを、一刻ほどのあいだにふるうこと三度《たび》、女郎も驚いたが、大次郎も驚いた。彼のほうは女とはかくも破天荒にここちよいものかと感にたえたのである。

まだ武者ぶるいして外に出ると、夏の夜というのに、うすら寒そうに建具屋が待っていた。

「や、そちらはもう終ったのか、早いな」

「こっちが早えんじゃねえ、旦那が。……旦那、いや隅には置けねえね、女の声がやけに派手に聞えやしたぜ、はじめてというのアほんとなんですか？」

「臍の緒切って、まったくの初見参じゃ。しかし、かたじけない、なるほどこれで憑きものが落ちる。改めて礼をいう」

それから、いかにも憑きものが落ちたようにキョトンとして相手の顔を見た。

「おまえ、何という名前かな？」

「え、あっしの名を今まで知らなかったんですかい？　そりゃ、まあ、幸蔵ってえ吹けば飛ぶような野郎でござんすがね。親方が和泉屋。で、あっしも和泉屋の幸蔵ってておぼえていておくんなせえ」

和泉屋の幸蔵は妙な笑顔で、大次郎をななめに見あげた。

「これであのお嬢さまを退治する度胸がついたでござんしょう」

「や、あれか」

大次郎はふいに思い出し、しかしいっそうたじろいだ表情をした。

「やんなせえ、是非やんなせえ、やってやんなせえ、そのためにあっしは旦那をここへ修行につれて来たんだ」

へんにしつっこい口のききかたに、のんき者の大次郎もけげんな顔をした。

「おまえ、あの……お那輪どのに何か恨みでもあるのかな」

「滅相もない。向うさまはあっしのつらも御存知ねえでしょう、ただ、あっしゃあね」

小生意気な幸蔵の顔に、このとき夜目にもぞっとするような陰気な憎悪の翳がくまどられた。

「えらそうな男、えらそうな女、そんなつらアしたやつがでえっきれえでね」

それから、あわてて手をふった。

「旦那もえらそうな顔をしていなさるが……どこか出来そこないの豪傑みたいなところがあって……あっ、こいつもいけねえ、かんべんしておくんなせえ!」

そして、大次郎をほうり出して、そのまま暗いおはぐろどぶのほうへ、鼠みたいに逃げていってしまった。

三

出来そこないの豪傑――とはうまいことをいった。

それからしばらくの間、赤嶽大次郎は夢遊病みたいに吉原へかよったものである。そんな金はないから、国の老母が丹精こめて縫ってくれた着物からかんじんの書物まで質にいれての溺没《できぼつ》ぶりであった。乏しい財嚢《ざいのう》を湯気の出るほど握りしめてやって来て、女を見るとたちまち鼻息を荒くするので吉原では笑いのまととなっているありきたりの浅黄裏《あさぎ》の勤番侍と、とんと同じていたらくになってしまったのだ。

われ英雄たらん、という意気込みなどはどこへやら。――いや、そこが赤嶽大次郎である。その声を耳朶《じだ》の奥にまったく消してはいなかった。それどころか、自分の堕落ぶりを意識すればするほど、その声は彼の心腸を九廻させた。

その状態を救ってくれる人間が現われた。正確にいうと、彼のほうからその人間に救いを求めたのだが。――

前にもいったように、彼は昌平黌にいっていた。

昌平黌は、昌平坂学問所ともいい、いまの東大の遠い前身である。はじめは幕臣の優秀な子弟に限ったが、のちには諸藩士から選ばれた者の入学も許した。

そこへ青雲の志をいだいて大次郎ははいったわけだが、半年ばかりでやや挫折感にとらえられていた。田舎の高校から東大にはいった者が、まわりが自分よりもっと優秀な人間だらけに見えて参るのと似たところもあったろうが、一方ではまた、なんだみんな書物の虫だけの青びょうたんではないか、という失望感もあったことはたしかだ。彼の大狂いはこういう自他ともに対しての幻滅から来た混乱といえたかも知れない。

さて、その昌平黌に、林耀蔵《ようぞう》という学生がいた。年は二十六、七だろう。のっぺりとした面長の顔が革を張ったような光沢をはなち、黙っていても沈毅《ちんき》冷徹の迫力をはなっている。その雰囲気と、彼が大学頭《だいがくのかみ》――いまの総長――林述斎の次男であるという肩書きのために、はじめから何となく眼をひかれながら、同じ理由で大次郎はどうも近づく気になれなかった。彼ばかりでなく、どの学生もが敬遠気味であったようだ。

その林耀蔵が、初冬の或る日、一教授にくってかかったのである。

「今の世態を見るがいい、あらゆる現象が淫靡《いんび》頽廃の極をつくしている。それなのにこの昌平坂の殿堂ではただ窮理考証の学に明け暮れてそれでみずから足れりとしている。それが学問なら何のための学問か。市井の私塾なら知らず、少くとも公けの巨費によって養われている学者や学生はこれでよいのか」

というのが彼の説の要約であったが、説の如何よりもその冷徹な弁論をつらぬく烈しさが教授を辟易《へきえき》させた。

総長が自分の父親だから虎の威をかりたのではない。そんな関係にある学生だと、かえってそういう態度はとれないものである。だいいちこれは昌平黌に対する弾劾であった。

前夜の女郎の痴態を夢みてうつらうつらしていた赤嶽大次郎は、突然後頭部を殴られたような思いがした。

――ここにえらいやつがおるぞ！

その授業が終ると、大次郎は廊下を追っかけていって林耀蔵をつかまえ、息をはずませていった。

「林どの！　ただいまの御議論、実に感服つかまつった。まったく同感でござる！」

ニコリともせずに大次郎を眺めかえす耀蔵に、熱誠こめて彼はなんどもお辞儀をした。

「これより拙者を御指導下され。実は……拙者、さきほどあなたが憤《いきどお》られた淫靡頽廃の坩堝《るつぼ》に身をひたし、そのために日夜悩み苦しんでおりましたが、きょうはからずもあのような正論を承り、かつあなたのような信念の人を発見するに至りましたるは、天道われを見捨てたまわざる証拠。……」

こうして赤嶽大次郎は、林耀蔵とつき合い出したのである。

つき合って見て大次郎は、いよいよ自分の眼が誤っていなかったことを知った。今まで敬遠していたことを悔いた。信念の人、どころか、英雄が——少くとも一種の英雄たらんとしている人間が現実に存在していたことを彼は知ったのだ。

林耀蔵は名門の出であるにもかかわらず、といっていいか、あるいは大儒官の子弟らしく、といっていいか、恐ろしくストイックであった。その行状を見るにつけ、大次郎はいよいよ自分を恥じずにはいられなかった。そしてまた昌平坂では黙りがちであったが、林が論じ出すと舌端に火が燃えるような概《おもむき》があった。

「どうも、ここではやはりあまり大声でしゃべりにくいな」

と、或る日、林が学問所でいった。

「では、お屋敷にうかがいましょうか」

「いや、家ではますます具合が悪い」

と、彼は苦笑した。彼に接近するにつれて大次郎は、ようやくこの耀蔵が林大学頭の次男であるにもかかわらず、必ずしも父とうまくいっていないことを知っている。

「では、そこらの居酒屋ででも、お説を拝聴したいもので」

「居酒屋などで論ずべきことではない」

「それじゃあ——まことに失礼ですが、もしおよろしかったら。——」

と、大次郎はいった。

「拙者の長屋にでもお出かけ下さらんか」

こういうわけで、林耀蔵は、毎月五の日、わざわざ椎谷藩の江戸屋敷まで出かけて来るようになった。実は彼も、だれかを相手に、胸に鬱するものを大いに吐きたい欲望は持っていたらしい。またそれ以上に、自分への心服者を求める気もあったようだ。

大次郎はよろこんで長屋じゅうに宣伝して廻った。林大学頭の御子息が来る――というのは越後の小藩ではちょっとした話題で、その座談に是非接したいという人間が十数人集まった。

が、五の日を重ねるにつれて、急速にそれらの人々は減っていった。その集まった人々の中にあれ以来姿を見せなかったお那輪が、どこから聞いたかまたやって来たことは大次郎を鼻白ませたが、やがて集まりが悪くなっても依然として彼女の姿があったのは、よろこんでいいことか、ありがた迷惑か、大次郎にも何だかわからない心境であった。何にしても茶を出したりしてくれるのは好都合ではあった。

さて、人々を集めてやがて散らせた林耀蔵の論だが、毎回のことを書いているときりがないのでまた要約すると、世道の乱れはとどまるところを知らず、これは必然秩序の崩壊を招き、ひいては徳川体制の終局までを招来するだろう。これを明確に見通している具眼の士が稀なのは甚だ痛嘆の極みである。今にして人々の眼をさまし、世をひきしめて、少くとも寛政の治政のころまでひき戻さなければ大変なことになる、というのだ。

ありふれた説教、だとは人々は思わなかった。いまの時勢に、こんな説を聞くのはほんとうに珍しい。それだけに実に時代錯誤な感じがする。人々にとって、二、三十年前の寛政の緊縮時代は必ずしも愉快な記憶ではなかった。

しかし人々を遠ざけたのはその逆コースの論よりも、この林耀蔵という人間のはなつ凄愴苛烈の雰囲気であったろう。

これは、想像以上の鉄人だ、と大次郎も眼を見張る思いであった。が、彼はべつに狼狽はしない。これこそ自分の期待し、冀求《ききゅう》した人だ、自分を堕落から救ってくれるのはこの人物以外にない——と、思って、ふと気がつくと、そばに魔物のお那輪もちゃんとひかえている。しかも、この女性が、あとでウットリとしていった。

「あのひと、凄いわね。……いつか、きっと凄いことをやるひとよ」

自分から離れないのは、自分への心酔者ばかり、と見ぬいたのであろう、林耀蔵はさらにその凄味のあるところを見せはじめた。

自分は改革を志している。ただしそれは体制の破壊ではなく、その維持のための法と秩序の再建だ。

しかし、現状では当分だめだ。——耀蔵は、今の将軍家斉《いえなり》公ではほとんどその見込みがないということを仄《ほの》めかした。——自分も部屋住みの身である。が、まだ若いということは未来の望みがあるということでもある。自分は将来に期待するお人がある。それはいまの寺社奉行水野越前守さまだ。あのおかたは、いずれ必ず老中となられる。そのときにその懐刀となれるような人間に、自分はなりたい。——

そういったときの林耀蔵の眼は、めらめらと野心の炎に燃えていた。

「それでは、あなたは学者にならず、政治家になられるおつもりですか」

と、大次郎は聞いた。

「林家では、自分は次男だ。それに、いつぞやいったように、あんな、学問をやったって無益だ」

と、耀蔵は答えた。

「このごろは、昌平黌をも見限って、兵原塾にでもかよおうか、と思っておる」

「兵原塾とは？」

「町の私塾だが、それをひらいておる平山兵原というのが学問にも武道にも凄《すさま》じい修行を要求する人物だと聞いておるから」

「あなたが、御学問所をやめられるとすると……」

と、大次郎はしょげた。

「拙者も、何のためにそこへゆくかわからんことになるが」

そしてまた回を重ねた某夜、耀蔵はさらに恐るべき未来図を見せた。いつの日か、自分が権力を握るとき、首に罪状札をぶら下げ、三角頭巾でもかぶらせ、大道をひきまわしてやろうと考えている人間たちのブラックリストである。

そこには著名な商人、学者、戯作者、浮世絵師、役者などの名がつらねてあった。

「これは市井の連中ばかりじゃがの」

と、彼はいった。その意味は、そのときはわからなかったが、あとで考えると、政治家とか大名の名簿は別にあるという意味であったろう。

「要するに、こやつらは世を腐敗させ、秩序を乱す危険な毒虫どもである」

そして耀蔵は大次郎らを見すえて、こんなことまで打ち明けたのは、自分一人ではとうていこの遠大な粛清用資料の完璧が期せられないので、この点何とぞ諸氏の協力を願いたい、これから先よく市井のありさまを見張っていて、この名簿にのせるに足る言動をなすやからがあったら報告してもらいたいためであるといった。

何のことはない、検察官の手先の依頼だが、このころには大次郎は、それを不快に思う判断力はきわめて衰弱していた。それをまた承知しての依頼には相違ないが、彼は完全にこの林耀蔵の迫力にふらふらになっていたのである。まことにこの人は清潔と正義の化身である、これはまさに破邪顕正《はじやけんしよう》の行為だ、と彼は大きくうなずいて、紅衛兵的武者ぶるいを禁じ得なかったくらいであった。

その大次郎の前に、ひょっこりとまた町のメフィストフェレスが現われた。

年が変って、三月某日の夕方のことだ。

四

「ええ、旦那、お久しぶり」

和泉屋の幸蔵である。

どこか鼠みたいに狡猾な顔は変らないが、風態はまったく変っている。――小意気な栗髷を横っちょにはねて、「わ」という字を大きくかいた半纏《はんてん》につっかけ草履をはいて、ぐっといいなせだ。

「どうしたんだ」

大次郎は眼をまるくした。

「この半纏でござんすか。実は鳶の者になりやしたんで」

「建具屋はやめたのか」

「へえ、職人じゃ、どうも女に持てねえんでね、わ組にはいりやした」

「ふうむ、火消しになったのか。――それは、いっそう世のため人のためになる職業で、めでたい」

「あっしも何だか一つ出世したようで。ところで、――旦那、このごろまた例のお嬢さまがちょいちょいおいでになるようですが、片づけましたかい」

大次郎は、にらみつけた。はじめにぎょっと眼をむいたのも、自分の旧悪――いまの彼からすると、女郎買いも旧悪にちがいない――を思い出させる人間が現われたからであったが、こいつまったくお節介なやつだ。

「そんなことはせん」

「さっぱり吉原《なか》のほうへはいたちの道らしいが……それでも、まだとはじれってえ旦那だね」

「ばかっ、今のおれは、あのころのおれとはちがう」

「また、ばかっ、に逆戻りか、やれやれ」

幸蔵は、平気で笑った。

「もっとも、もうお嬢さまのほうで旦那を相手にしねえかも知れねえ。あれは林さまに眼をつけて来るんだからね。例の、変った男にはみんなよだれをたらす妙な食い意地のせいでゲス」

「おまえ……林どのまで知っておるのか」

「え、いつぞや襖を貼り替えにいって、何でもねえことで眼の玉の飛び出るほど叱られたことがありやす。職人なんか馬の糞から出来上ってるように思ってるいやなやつさ。あのいかもの食いの浮気女とはいいとりあわせかも知れねえ」

「だまれ、うぬは。——」

と、大次郎はなおどなりつけようとして、少しあわてた。きょうは五の日で、しかも林耀蔵の都合で集まりは夕刻からということになり、もうそろそろ彼が現われそうな時刻であったのだ。

「うぬは何しに来たのじゃ、帰れっ」

「ああ、来た用事を思い出した」

と、幸蔵のほうも、ふいにあわてたしぐさを見せた。

「あの、吉原《なか》のおほながね。——おほなが旦那の子を孕んだらしいんで。——」

赤嶽大次郎は棒をのんだようになった。

おほなは彼の馴染みの二朱女郎だ。まるで白粉樽からころがり出した豚みたいな女郎であったが、彼にかつて「女とはかくも破天荒にここちよいものか」と嘆ぜしめたのはこのおほなである。いや、そもそも最初からあの耽溺時代を通して——そこがいかにも赤嶽大次郎らしいところだが——彼の知っている女郎は、おほなだけなのである。

「だんだん腹がふくれあがって来て、どうもあの髯の旦那の子にちがいない、旦那はその後さっぱりおいでにならないけれど、いったいこの始末をどうしたらよかろうか、どうぞ旦那のところへいって相談してみてくれないかって、きのうおほなに頼まれやしてね、それでわざわざやって来たんでさあ」

女郎でも孕むことがあるのか、女郎の子などだれの子かわかったものではない、知らぬ存ぜぬ——などいうせりふはおろか、そんな智慧もまるっきり出て来ない。——

赤嶽大次郎は飛び上った。

「ううむ、それこそまさに天下の一大事、それはいってやらなければならん」

狼狽の極に達した顔色でふらふらと歩き出し、ふりむいて、

「幸蔵、頼みがある。今宵ここで集まりがある。おれは出かけるが——そんな用で吉原に出かけたといってはならんぞ。わけはおまえが考えてくれ——夜中までにはきっと帰って来る。それまでお待ち下さるよう——そうだ、お那輪どのも来るはずじゃ、お那輪どのに、おれが留守でもみなさまへのもてなし、よろしゅうお願い申すと頼んでくれ」

そして彼は、地ひびきたてて駈け出した。

吉原へ駈けつけた大次郎を見ると、女郎のおほなはたちまちひっくり返って、いたい、いたい、とうなり出した。

「いたいよ、ああいたい、おまえさん、もんでおくれ」

「もむ？　おまえ、あかん坊が出来たと聞いて来たのじゃが。——」

「だから、もう生まれるかも知れない。いたいんだよ。早くもんでよ」

あわてふためいて大次郎は、おほなの腹や腰をもむのにかかった。むろん裸にしたわけだがもともと臼《うす》みたいな腰をして、太鼓腹をしたおほなだから、何カ月くらいになるのか見当もつかない。ここか、こうか、とあぶら汗をにじませてもみたてること数刻、いつのまにかおほなが気持よさそうにいびきをたてているので、

「鎮まったようで安心いたした。この件についての話はまた後ほど。拙者は今夜どうしても帰邸せねばならぬ用件をかかえておるので、一応立ち返る」

と、立ちかけると、

「ああ……出そうだよ、あかん坊が。――」

とおほなはただならぬ声を出して、また騒ぎ出した。

「出ちゃあ大変だ。女郎が流産したら商売あがったりで困るんだよ。――早く、早くおし込んでおくれ」

「おし込んでって、指で、どこをどうしたら――」

「指なんて細いものじゃとうていだめだよ。おまえさん、もっとふといものを持ってるじゃないか、あれを使うんだよ！」

「ばかなことを」

「ばかなことじゃない、あれを使って流産をとめるのは、吉原の昔からの秘伝なんだ

よ――」

大次郎は狼狽して、袴をとくのにかかった。

それでおし込んだことになると、こんどはまた痛いからもめという。ももとおし込めという。おし込むとまたもめという。いつまでたってもきりがない。

――結局、赤嶽大次郎が、泥のように鎮静してしまったおほなをあとに、これまた泥みたいにヘトヘトになって吉原からひきとったのは、翌日の太陽もだいぶ高くなってからのことであった。

鍛冶橋の藩邸の長屋に帰ると――むろん、そこにはだれもいなかった。ただ、だれかが昨夜泊った形跡はある。彼の夜具が乱れたまま、敷きっぱなしになっていたのだ。のみならず、女のかんざしがその夜具の上に落ちていた。……

大次郎は、もういちど門のところへひき返して、門番を呼び出して聞いた。

「ああ、林さまと、それ馬道先生の娘御は、けさになって帰られました。昨夜じゅうあなたを待って、つい一泊の余儀なき始末に立ち至ったと林さまがわびてゆかれましたが」

と門番は答えたが、何だか釈然としない顔をしていた。

大次郎だって、釈然としない。二人に対してではなく、自分に対してだ。二人を待ちぼうけにしてしまったことはただ申しわけなくすべては自分の罪だと考えた。

それから数日のあいだの彼の懊悩は、正直にいって、ひたすらおほなの妊娠問題であった。いっときの堕落は、その後の反省の生活で帳消しにはならず、実に当惑すべきかたちで追っかけて来たのだ。笈《きゆう》を負うて江戸に出で、われ英雄たらんと——たとえ努力目標にせよ——高言した男が、まずやったのが吉原の二朱女郎に子供を生ませたことだとあっては、なんのかんばせあって郷党にまみえんやである。

そもそもおれは、どういうことが機縁であんなことになっちまったのか。天魔が魅いったのだ、と考えて、ふっとそのとき一つの顔が幽霊みたいに頭を通り過ぎた。しかしそれは、天魔というにはあまりにも下らない鳶の者の幸蔵の顔であった。

いや、あれのせいではない、あくまでおれ自身の罪だ！

十日ばかり彼は長屋にひき籠っていた。吉原のことは、うなされるほど気にかかったが、先夜のなりゆきを思い出すといっそううなされるようで、もういちどのぞきにゆく勇気はとうてい出なかった。それでも、いつまでもこうしてはおられぬと思い直し、ともかく昌平黌に顔を出して見た。すると、林耀蔵もこの十日ばかり欠席しているという。

不安に耐えず、大次郎は林大学頭の屋敷を訪れた。

「耀蔵さまは三日前からここにおいでなされぬ」

という門番の答であった。そして、大次郎が耀蔵の友人であることをたしかめると、

「何でも四谷伊賀町の兵原塾とかいうところへ入られたそうじゃ。どうしてもお逢いしたくばそっちへゆきなさい。ただし、どんな用件でも、もはや耀蔵さまは御当家と関係はないから左様心得ておかれるように」

と、変なことわりをいった。

兵原塾？　そういえばいつかその名を耀蔵の口から聞いた記憶があるが、はて彼の身に何が起ったのか？

五

明日にも四谷伊賀町の兵原塾へいって見よう、と大次郎が決心したその日の夕方、彼の身の上にも大変なことが起ってしまった。また――といいたいが、この前の女郎屋初見参どころではない。悪夢のような出来事だ。

彼が長屋に帰って来ると――もう春の日は暮れなんとしているのに、灯もつけず、お那輪がひとり座敷に坐っていたのである。大次郎をぎょっとさせたのは、うす明かりの中に、髪を乱し、着物もしどけなく乱れて、それがまるで狂女としか見えなかったことであった。

「どうなされた？」

と、彼はさけんだ。

「赤嶽さま、お那輪をここへ置いて頂戴」

と、お那輪はあえぐようにいった。

「わたし、家を追い出されたんです。それで、きょう半日、町を歩きつづけて……やはりわたしを助けてくれるのはあなたよりほかにないと考えて、ここへやって来たんです。……」

「えっ、なぜ、家を？」

大次郎は驚いて、彼女の前にむずと坐った。

「何があったのでござる？」

するとお那輪は、いままでがまんにがまんを重ねていたのが、とうとう堰《せき》を切ったように、そこにわっと泣き伏した。眼の前に波打っている背を、大次郎は反射的に撫でた。彼女は泣きながらいった。

「わたし……あの林耀蔵に犯されたの。……」

「な、なに？」

大次郎は、聞きちがいかと思った。

「そんな……あのかたが……」

「だれがそんな恥ずかしい嘘をいうものですか」

「い、いつのことでござる、それは？」

「あなたがお留守の晩、ここで」

さすがにかんの鈍い大次郎のあたまにも、あの翌日ここへ帰って来たとき敷きっぱなしになっていた夜具と、その中に落ちていたかんざしが甦った。鈍感な人間を、殴られて三日たってから痛がるやつ、などというが、まさに彼は事件後十日ばかりたってから脳天を鉄丸で打たれたような気がしたのだ。

「あなたが悪いのよ、あなたが悪いのよ。……」

お那輪は上半身をもたげると、いきなりひしと大次郎にしがみついた。

「何もかも、あなたが悪いのよ、だから、わたしをここへ置いてくれる責任があるのよ……」

「で、家を追い出されたとは？」

へどもどし、しゃっくりのように大次郎は話を飛ばした。

「そのあくる日、わたし、林家を訪ねたの、耀蔵の気持をたしかめるために」

お那輪のやりそうなことである。

「そしたら、門前払い」

「へ？」

「そんな女は知らないって――あの男は、わたしをおもちゃにして、あとで世間の噂がこわくなったのよ、ふだん、あんなえらそうなことばかりいってるんですもの」

これで彼女が、耀蔵を呼び捨てにしているわけがわかった。お那輪はさもくやしげに、大次郎にすがりついた両腕をしめつけた。その腕が、彼女が泣声をもらすたびに、だんだんとあがって来る。

「そこへ鳶の男がやって来て――ほら、あなたがお留守のこの家に待っていて、あなたがお友達の病気とかで急に出かけたとか何とかいった男よ、あなたのお知り合いなんでしょ？――それがいっしょに怒ってくれて――あの男、その前からわたしと耀蔵の間に起ったことを知っていたらしかったわ、それが、もったいぶりやの耀蔵はどうせどこまでもシラを切るにきまってるから、いっそ父の大学頭さまへ訴えたらいかが、手紙は自分がとどけてやるから、といってくれたものだから。――」

「ばかなことをしたものだ！」

大次郎は嗟《さ》嘆《たん》した。――それにしても、また幸蔵か。あの男のお節介には――と、呆れるのを通り越して、やっと彼も腹立たしくなって来た。

「けさ、大学頭さまから祖父のところへお手紙が来て、伜《せがれ》耀蔵は心に叶わざるところがあってだいぶ以前から義絶してあるから、もしかけ合うことがあったら、四谷伊賀町の兵原塾なるところへ身を寄せている同人自身にかけ合ってくれ、こちらは一切あずかり知らぬ、といって来たの。それでみんなばれちゃって、お祖父さまは卒中を起しそうなほど怒って、わたし追い出されちゃったの。学者って、世間体ばかり気にして、ほんとにみんな人間じゃないみたい」

大次郎はむろん苦笑する勇気もない。

「だいぶ前から義絶してあるなんていって、耀蔵が林家を出たのは三日前よ。……とにかく、それでわたし、追い出されてから四谷伊賀町にいって見たの、そしたら、……」

お那輪は、もう大次郎の首ったたまにしがみついていた。押しのけることなど出来ないなりゆきであった。

「若い女が出て来て、わたしが耀蔵の妻でございますが、何の御用でございましょうか、というのよ！」

「ひえっ」

途中から、話よりもお那輪のしゃくりあげるからだの熱い柔かい肉感のほうへ意識を奪われかけていた大次郎も、思わず驚きの声をたてた。林耀蔵どのに妻があったなどとは初耳だ！

「嘘だ、それは。耀蔵どのは、女には全然」

「その耀蔵が、あの晩二度も。……とにかくその女を、林家からつれて来たのはほんとうらしいの。そんな女がいるのに……わたしを、二度も」

二度をばかに強調した。お那輪は完全に大次郎の大きなひざの上に乗っていた。足はどうなっているのか、大次郎の腰のあたりをどんどんたたくものがあったから、少くとも一本はそっちのほうへ廻っていたことはたしからしい。そのからだを彼は剝ぎとることが出来なかった。そもそもそんな意志力は、彼の脳髄から消滅していた。

「おねがい、あの男を殺して！」

甘ずっぱい女の息が、火のように彼の髯にまつわりついた。

「わたしのかたきを討って……あなただけが頼りなの、赤嶽さん、わたしと一つになって、あの偽善者をやっつけて！」

その瞬間に、何か燃えつきたように赤嶽大次郎は、お那輪を乗せたまうしろへ巨体を倒した。燃えつきたのではない。――彼の巨体は、さらに炎上してしまったのだ。

あれほど彼を苦しめていた悔いも誓いもあらばこそである。これはもともと彼の妄想の根源となっていた女人である。もうまったくの春の闇の中に、赤嶽大次郎はお那輪と「一つになって」燃え狂いながら、獣のように咆《ほ》えた。

「承ってござる。誓って、あの男に、天誅《てんちゅう》を下すでござる！」

六

「いざっ」

と、赤嶽大次郎は大刀ひっつかんで立ちあがった。その翌朝である。

「参ろう、お那輪どの、四谷伊賀町へ」

お那輪はちょっとけげんそうな顔をした。

「わたしも、ゆくの？」

「そのほうが、いいように思う」

大次郎も考えたのである。もとより昨夜までは――いや、ほんの先刻までは、自分一人で出かけていって、あの偽善者の林耀蔵を面罵して天誅を下すつもりでいた。ただこのときになって――それはほんとうのことであろうか？　という疑惑が生じて来たのだ。

むろん、いくらおてんばのお那輪だって、本人もいっているように、あのようなことで嘘をいうとは思われない。かんざしの件もある。門番の証言もある。耀蔵のあわただしい家出という異変もある。だから七、八分は事実であろうし、それを思うと血も逆流するようだが、ただあと二、三分、まさか？　と思う疑念を禁じ得ないのだ。

それは何より、あれほど自分を傾倒させた人間への信頼のせいであった。

——おぬしは、そんなばかなことを信じたのか。

と、めんと向って耀蔵にこう一笑され、あの氷のような眼で見すえられると、それっきりこちらは口もきけなくなって、ヘナヘナと手をついてしまいそうな怖れを感じる。

まさか、この当人のお那輪を立ち会わせれば、耀蔵も言を左右にすることは出来まい。そしてそれが事実ときまったら、土下座して謝らせる。謝らぬというなら——斬る斬らぬはともかく、ただではおかぬ。

「あなた、心細いの？」

「いや、ほかの何事でも林どのにははるかに及ばないが、腕っぷしだけはおれのほうが絶対でござる！」

そういう対決の場へ被害者の女性をひき出していいか悪いか、などというデリカシーは彼にない。また倖いにお那輪のほうもそんな心配はいらない女で、

「わかったわ、いったげる！」

と、恩着せがましい言葉を吐いて、これもやる気充分で立ちあがった。——

目ざすは四谷伊賀町の兵原塾である。そして、はからずも伊賀町に入ったばかりのところでばったり目ざす人間に逢ったのだ。

「あっ。……あそこに、耀蔵どのが」

と、ふいにお那輪がさけんで立ちどまった。どういうわけか、このときはどの、をつけた。

大次郎はそのほうを見た。いかにも往来の向うから歩いて来るのは林耀蔵だ。が、一人ではなかった。もう一人、侍と談笑しながら、ぶらぶらと。——もっとも、しきりに何やらしゃべり、笑っているのはそのつれのほうで、耀蔵はもちまえの沈鬱な表情のままであった。

「よろしゅうござるか、ここで待っていて下され、おれがまず話して見る」

大次郎は意を決して、つかつかと一人でそのほうへ歩いていった。

耀蔵はこちらを眺め、それからお那輪にも気がついたようだが、べつに顔色も変えず、同じ足どりでぶらぶら近づいて来る。

「林どの！」

大次郎はその前に立ちふさがった。

「あそこにおる女人は御存知でありましょうな」

耀蔵は黙ってうなずいた。

「その女人を……あなたは、犯されたか」

耀蔵はまたうなずいた。——事実だ！

「そして、あなたはあとで知らないといわれた」

「逢っても双方にもはや有害無益だと判断したからじゃ」

「そんな……女を誘惑しておいて！」

「誘惑されたのは、わしのほうであった。いや、逃げ口上ではない。わしの不覚であったことは認める」

　この「鉄人」の顔ににが笑いが浮かんだ。

　赤嶽大次郎は実に変な表情をした。そうか、そういう場合もあり得たか。——いや、おそらくそうであったろう、と自分の体験に照らしてはじめて思い当ったのである。

　一息、鼻白んだかの観のあった大次郎は、しかしすぐに怒りをみずからかきたてた。

「それを認められるなら、責任をとられい。——お那輪どのは、その件のために家より放逐の目に逢われたのでござるぞ！」

「わしのほうも家から放逐されたよ」

　彼の苦笑は消えない。——大次郎は、かっとした。

「それであいこだといわれるのでござるか」

「べつにそういうつもりでもないが、実際問題として、あの件はこれ以上どうしようもない。あの女人を妻にする気もないし、わしの妻になればあの女人は将来必ず悔いるだろう」

冷然とした口調に、大次郎はほんとうに怒って来た。

「とにかく、責任はとっていただきたい」

「金でもくれというのか」

「ばかっ」

大次郎は咆えた。

「土下座して、あのひとに謝れというのだ」

そして、刀のつかに手をかけた。

「それがいやなら、斬る」

それまで明確にその決心をしているわけでもなかったが、林耀蔵の人間離れのした冷淡さに大次郎はわれを忘れ、ほんとうに殺気に燃えてにじり寄った。——すると、

「危い。林どの、その男は何をやるかわからぬ。——おれが相手になろう」

といって、もう一人のつれが横からすいと出た。

「うぬは何だ。うぬに関係はない！」

「いや、関係がある。林どのが兵原塾へ入られた上はおれの相弟子ということになる。おれは兵原塾で師範代をつとめる下斗米《しもどまい》秀之進という者じゃ」

歩いているときから、左手をふところ手にしていた。春風に黒紋付の片袖とのばした月代《さかやき》を吹かせて立っているその男は——三十二、三歳だろう、スラリとして、美男、

というより実に颯爽たる風貌の持主であった。

「参れ」

「こやつ——どうしても邪魔するというなら、抜け」

「これでよい」

大次郎は完全に逆上し、獣のような絶叫とともに跳躍し、抜き打ちにその男へ斬りつけた。

大次郎は元来、学問よりも武術のほうに自信がある。たんに力があるというだけではなく、国の剣法師範も——越後はおろか北陸一円でも知られた剣客であったが——刀だけならおまえに腕立て出来るものはまず江戸でもそれほどはなかろうな、と保証してくれた使い手であった。

それが、どうかわされたのかわからない。利腕《ききうで》とられたかと思うと、刀はもぎとられ、彼自身の巨体はもんどり打って大地にたたきつけられていた。

頭を打って、一瞬失神状態になり、ついで夢中ではね起きたが、あまりの鮮やかさに度胆をぬかれて、とみには立つことも出来ない。

「そこの御女性」

笑いながら下斗米秀之進の呼んでいる声が聞えた。

「事情は七割方推察した。家を追い出されて、ゆくあてがないなら、おれのところへでも来られぬかな。いや、ほかにも女はたんといる。——林どの、参ろう」
地面に坐ったまま大次郎は、霞《かす》んだ眼で、遠ざかってゆく二人と——そして、そのあとをふらふらと歩いてゆくお那輪の姿を見送った。下斗米の左手はまだふところに入ったままであった。

とめようにも、声も出ない。——どころか。

やがて彼はがばと起き直り、そこに投げ出されていた自分の刀を拾いあげたが、それをおののく手で鞘におさめると、まるで糸にひかれる大凧みたいに三人を追い出した。

殺意を以て、ではない。対象は林耀蔵でもお那輪でもない。

赤嶽大次郎は、また新しい英雄を発見したのである。

七

四谷の兵原塾は、幕府伊賀同心平山行蔵《こうぞう》、号して兵原のひらくところの道場である。

伊賀町とは伊賀者の組屋敷があるのでそう名づけられたものだ。平山行蔵は素性をたずねればまさに伊賀者の出に相違なかったが、文武の道に研鑽して、同じ伊賀者だが組屋敷とは別に大道場をひらいていた。これを師として巣立った有名な剣客に男谷下総守、勝小吉などがありまた頼山陽も若いころその門をたたいたといわれるところを見ても、いかにこの人物が文武両道に傑出していたかがわかる。

　ただ赤嶽大次郎は江戸に来てまだ一年ばかりであったので、このことをよく知らなかった。

　その日、はじめて兵原塾にやって来たのは、ただその師範代の下斗米秀之進に一撃のもとにたたき伏せられ、感心屋の彼がかえってそれに魂を奪われて下斗米その人に師礼をとるためであったが、結局半月ばかりのち、昌平黌のほうには退学の手続きをして、改めて兵原塾に入ることになる。

「——凄じい荒修行をするところ」と、かつて林耀蔵がいったけれど、入門して見て、それが決して偽りでないことを彼は知った。偽りどころか、修行も、平山兵原先生も、聞きしにまさる大変なものであった。こういう人物がいまの江戸にいようとは想像外であった。

　兵原先生、このとし六十二歳。それでいて、毎朝居合いを三百回、槍をふるうこと五百回、これを欠かしたことはなく、書を読むときは二尺四方の樫の厚板に端座し、たえず両こぶしでこれを叩いているから、その拳骨たるや石のごとく、食事は生米をかじり、酒を飲むときは生魚に味噌をつけてまるごとかじる。寒中でも水風呂に入り、若いとき修行を志してからかつて夜具に寝たことがない。

そして、生涯不犯《ふぼん》であった。蒲団に寝かしてくれないのでは、妻になる女もいなかったろうが。

大道場のある広い邸内の一劃に長屋があって、ここに数十人の弟子が寄宿しているが、むろん先生はこれにも――自分ほどではないが――非常識なまでのストイックな生活を要求している。

大次郎自身は藩邸からかようことにしたが、これらの事実を見るにつけ、「これあるかな」とひざをたたいた。自分の求めていた場所は、昌平黌ではなくここであったと知った。そして藩の長屋における自分の生活も、この兵原塾の長屋の規律にならうことをひそかに心に誓った。

ただこの兵原塾の長屋に例外が一つあった。

正しくいえば長屋ではない、小さいながら別棟を与えられた林耀蔵で、これは自邸から女を一人つれて来て、兵原先生もそれだけは許している。弟子というより、客分として遇したからであろう。

大次郎は耀蔵に謝った。

「いや、あの女はわし向きではない」

と、耀蔵は例の苦笑をもらしただけである。

とはいえ大次郎は、ほんとうは耀蔵に釈然としないところもあるのだが、同じ兵原塾に籍を置く者としていつまでもこだわってはいられない。とくにその後のお那輪を見ていると、あの一件について考えるのもばかばかしい。

だから、それからもちょいちょい耀蔵と話すことがあったが、それでいろいろとわかったことがある。

「どうやら、わしもおぬしも、その建具職人だか鳶の者だかに一杯食ったらしいぞ」

と、耀蔵が首をかしげていうのである。

「おぬしを呼び出したという吉原の女郎が孕んだという件は嘘ではないか？　その女郎は、きゃつから金でももらっていやしないか？」

「えっ、しかし……何のために？」

大次郎は狐につままれたような顔になり、それからいつかふと幸蔵から聞いた「えらそうな顔をしてるやつがにくらしい」という告白を思い出し、そのことを口にしてみた。

「しかし、ただそれだけで大した関係もない人間にそんな念入りないたずらをやるとは、物好きなやつがおるものでござるな」

「世には、そんな闇の底を怨の字を書いて這う虫ケラのようなやつもおる」

耀蔵は深沈と考え込む目つきでつぶやいた。

それから数日たって耀蔵は、人を介して吉原を調べさせたところ、二朱女郎のおほいなは健在で盛大に客をとっており、流産も出産もした気配はないということがわかった、と大次郎に告げた。――こういうところにも、この男の検察官的素質がちらと現われた。

「いまから申すとな、わしは何もあの件で本家を出たわけではない」

或るとき耀蔵は、こう白状したこともある。

「もともとわしはこの兵原塾でいちど暮して見たいと念願しておったのだ。ここの流儀は実にわしによく合う」

それはわかるような気がしたが、しかし気の毒なことに耀蔵は、ここへ来てもやはりほかの弟子たちから敬遠されているようであった。

ただ大次郎から見て、耀蔵にとって救いとなる――同時にふしぎでもある一つの存在があった。彼が本邸からつれて来た一人の女だ。お那輪に対して、「わたしが耀蔵の妻でございますが」と名乗ったというのはその女であった。

「妻なものか、あれはあの際、ああ挨拶させたほうが好都合であったからじゃ」

と、耀蔵は憮然としていった。

「召使いじゃ。ついて来る必要はないというのに、一人では身の廻りが大変だろうといって、わざわざ父に願って、勝手について来おった」

しかし大次郎から見ると、実によい娘であった。

おとなしくて、可憐で、美しくて——大次郎が江戸に来て見た娘でいちばん好ましい娘のように思われる。名はお蕗《ふき》といった。

ただ黙々として影のように、主人の身の廻りの世話をしているのを大次郎が気の毒に思って、

「林どのは、そのうち必ず世に出られますぞ。あれは、えらい人物ですぞ」

と、がらにないお愛想をいったことがある。

お蕗は微笑んだ。

「耀蔵さまは御出世なさらなくてもいいのです。なさらないほうがいいのです」

大次郎の人生観とはまったく反対の意見であるにもかかわらず、どういうわけか彼はいよいよこの娘に感心した。

妻でないことはわかったが、こういっしょに暮していて、耀蔵は彼女を妻に叶うあつかいをしているのか、どうか——そこがどうもよくわからず、大次郎はべつに気をひくつもりもないが、いちど、

「しかし林どの、いずれはお蕗どのを妻になされたらいかがですか」

と、聞いたことがある。耀蔵はにべもなく答えた。

「わしは、わしの大望をとげられる端緒をつかんだ、という確認を握るまでは、妻帯せぬことを誓っておる」

そして彼は、三日にあげず、兵原先生や下斗米秀之進と、かんかんがくがくと論じていた。おそらく彼がここへ来たのも、兵原先生が彼をここへ迎えたのも、それを論ずるのが最大の目的であったのではないか、と大次郎にも考えられた。それは主として国防論であった。

さて、その下斗米秀之進だ。大次郎は彼を見込んでここへ弟子入りしたのだ。

これが兵原塾では——師範代であるにもかかわらず、林耀蔵以上の——例外的存在であることを間もなく大次郎は知った。

はじめその水際立った風貌と口調から、生まれながらの江戸ッ子かと思っていたら、意外にも奥州南部藩の出だという。しかもそこの藩士としての籍を持っているのに、幼時から麒麟児としての評高く、十八歳にして江戸に遊学を許され、二十歳のときにこの兵原塾に入り、それ以来十余年をここにあっていま師範代の地位にあるという。

下斗米はふだん道場に住んでいない。近くにべつに家を持っている。

それはいいのだが、いって見て大次郎は驚いた。若くて美しい女たちがウヨウヨと——といっても、あとで知ったところによると、五、六人であったが——いっしょに住んでいる。まるで牡丹の花園の中に住んでいるようなものだ。しかも、どうやら、みんな秀之進の愛人らしい。

「これでも制限しておるのだ」

と、彼は快笑した。

「放っておくと、百人くらい集まるかも知れん。藩のお手当や師範代の束脩《そくしゅう》くらいでは間に合わん」

まさに傍若無人というしかない笑顔であった。これで下斗米がお那輪におれのところへでもおいで、ほかにも女はたんといるといったわけがわかった。あれは安心させるためかと思ったら、まさに事実そのものを告げたに過ぎなかったのだ。

女たちが下斗米を熱愛していることは、彼女たちが彼に対するときの恍惚のまなざし、ふくいくたる吐息からも明らかに見てとれた。しかも女たちは、おたがいに喧嘩しているようすもない。その花の中に、まぎれもなくお那輪も鎮座しているのを見て、大次郎は立腹する元気もなくなって――「その後のお那輪を見ていると、あの一件について考えるのもばかばかしい」という心境になったものの、一方では神秘的な気さえした。お那輪はいよいよ美しくなり、かつどこか顔つきがおだやかになったようであった。

酷烈きわまる苦行僧のような老師に対してこの天衣無縫の快を満喫している弟子、こんな師弟がまたとあろうか。

「よく、あなたを、あの先生が師範代となされましたなあ」

と、大次郎は長嘆した。

「女か」

下斗米は笑った。

「先生は匙《さじ》を投げられたんだよ」

それから彼は、その昔頼山陽が江戸に遊学に来たとき、やはり昌平黌にかよい、この兵原塾にも入ったが、吉原通いにうつつをぬかし、ついに兵原先生の金を盗んで逐電したという兵原塾伝説を語った。

「おぬしは頼先生の讃美者であったな、それなら、おれにも学べ」

それでいて、道場に出て大次郎らに稽古をつけるときは鬼神のようである。

さらにまた林耀蔵と論ずるときは、あの冷徹の論理家に対して一歩も譲らない。傍聴していて大次郎は、陰と陽の火花が散るのを見る思いがした。陽の花はむろん陰より鮮烈であった。

――これこそまさに天然の英雄児だ！

彼はお那輪という女を、花から花へ飛び移る蝶みたいな女だと、幾分にがにがしい思いで考えたが、実は彼自身が「英雄」の花を求め飛びまわっている熊ン蜂に似ていることを自覚していなかった。

八

果せるかな――と、大次郎はいいたかった。南部藩士の下斗米がなぜ兵原塾でこんなに長く修行しているかというと、彼にはそれだけの壮図《そうと》があった。

むろん、最初からのことではあるまいが――国土防衛隊の夢だ。

オロシヤが日本の北辺をおびやかしはじめてから久しい。これに対して幕府は、松前、津軽南部の諸藩に命じて防備のことにあたらせていたが、何としても、疎漏《そろう》薄弱はまぬがれなかった。それを指図するかんじんの幕府の役人が無知無能を極めているのだからあたりまえだ。

それに対して下斗米の考えたことは、もはや幕府の役人の覚醒を待ってはいられない。それより事実上の防衛にあたる北方諸藩の特別訓練が先決で、その方針はすみやかに外国式新兵器新兵術をとりいれるにしかず、そのためにはここ一、二年のうちにも、彼みずから南部に帰って、藩の青年たちをその主旨に従って編成するというのであった。そしてそこにこの兵原塾にならい、さらに大規模にし実戦向きにした兵聖閣という兵学校を創設しようと、彼はそこまで構想していた。――師の兵原は、かねてから国防のことに心を砕き、とくにオロシヤに対する防備策について幕府に上書したほどの当代の軍事研究家であったのだ。

一方、林耀蔵は、これも緊急軍備論者には相違なかったが、中央の統制から脱して辺境の諸藩がほしいままな兵装を促進することは許されないといい、それはいいが——これが彼の限界であったが——特に近代兵器万能論は危険であるとした。そんな泥火縄より伝統の剣槍による最高度の抵抗こそ夷狄《いてき》の凶意をうち砕くものだ、というのだ。

そして、軍事的論争で下斗米に対して旗色が悪くなると、

「そもそも飛道具は本質的に卑劣である。これを軍備の最重要事とすることは、勝つためには手段を選ばぬという思想につながり、神州本来の道義を崩壊させる」

などと口走り、下斗米をからからと笑わせた。

彼の説の中に、大砲による大量殺傷はヒューマニズムにそむく、というのがある。なんとなくいまの原爆反対論者を思わせる。

次第に大次郎の眼にも、この信念の人が頑固の人という印象に変り、さらに変物という見解に変って来たのは、やはり下斗米の圧倒的な魅力と対照したからであろう。耀蔵が変物であるのは最初からわかっていたことで、だからこそ大次郎がそこに敬意をおぼえたのだし、そんなことをいえば下斗米だって大変物にちがいないのだから。

林耀蔵が変な男だということがいっそう明らかになったのは、その秋のことだ。来

年の春か夏、彼が鳥居一学という旗本へ養子にゆく――という噂が伝えられたのである。しかも、相手の息女は平凡どころか醜婦にちかく、それも耀蔵自身が動いての婿入りだというのであった。

「林どの、そりゃまことでござるか」

大次郎は問いただした。耀蔵はしばらく黙っていて、やがてつぶやいた。

「鳥居どのはな。――水野越前守さまと縁のふかい家じゃ」

数分して大次郎は、耀蔵の真の目的を知った。

茫乎として、一種恐怖の眼で見まもっていて、やがて大次郎は聞いた。

「お蕗どのはどうなるのでござる」

これに対して耀蔵は、

「さあて」

と、ひとごとのようにつぶやいただけである。

それ以後も、お蕗の、前と同じように黙々として、影のように耀蔵の身のまわりの世話をしている姿が見られた。

哀艶の感に耐えず大次郎は、自分の同情を下斗米に伝えた。下斗米はしばらく考えていて、すぐに笑った。

「お蕗さんにな、林さんが鳥居家へいったら、あとおれのところへ来んか、と伝えてくれ」

その下斗米秀之進にも運命の転換が迫りつつあった。——それがまったく思いがけない事件によってのことである。

彼の主家南部藩と津軽藩は二百余年宿怨の仲であった。津軽家はかつて南部家の家老の家柄であったが、天正のころ叛《そむ》いて独立し、その後機会あるごとに南部藩との隣境を自領にとり込んで南部の人々の恨みを積んだ。

それでも江戸城内の序列としては南部のほうが上であったが、このときにあたって津軽越中守寧親《やすちか》というやり手が出て、幕閣に巨額の賄賂を贈って、同格となろうとし、その運動は成功した、という情報が伝えられた。

南部藩は沸いた。こちらから見ればもともと逆臣の一族である津軽家が自分の殿さまと同格となっては、南部家の祖に対して面目がたたぬ、というのである。

津軽越中守斬るべし！

その南部家の痛憤の声は、むろんはじめ大次郎などには聞えなかったが、兵原塾で、近く下斗米が起《た》とうとしている、津軽越中守への刺客たらんとしている、というささやきが耳に入るに及んで、右の事実を知ったのである。

のみならず、彼はこのことについての下斗米と林耀蔵との論争を聞く機会さえ持った。

「愚かなことだ！」

　と、耀蔵はいうのである。

「それでは下斗米は、兵聖閣の夢を捨てるのか。あの計画の方針には気にくわぬところもあったが、しかしそれはそれとして壮図であったことに間違いはない。それを捨てて大名同士の殿中の格争いなどというくだらないことに、おぬしほどの有能のいのちを捧げようとするのか、ばかな！」

「ばかなことは百も承知だ。しかし、南部に生を享《う》け、養われた人間として」

「それより北方防衛のことはどうするのだ。南部と津軽は今こそ相協力してオロシヤへの盾とならねばならぬときではないか」

「それをいわれると、おれも身を切られるようだ。これがおれの限界かも知れん」

　下斗米の声は大次郎がはじめて聞くほど悲痛を極めた。

「しかし、聞いてくれ、林さん、あなたも国家を護《まも》るのは、兵器よりも心だといわれたろう。その理屈で、例えばこれまでの徳川の御代《みよ》を思い出してくれ、御神君以来二百余年にいったい何があった？　少なくともその間に、よかれあしかれ赤穂浪士の一挙がなかったら、いままでの歴史は臍《へそ》のないのっぺらぼうの腹のような気がしないか」

　下斗米らしい天才的に飛躍した論理であった。

「あの一挙には、どう考えても理がない。しかし民衆はあれを義挙として感動する。それはあれが、日本人として魂の臍となる行為だったからだ、おれのやろうとしていることも、精神的にはまったく同じことなのだ」

「赤穂浪士は大法にそむいた暴徒に過ぎん」

むしろ厳然として林耀蔵はいった。

「おぬしがやろうとしていることは、無意味なる殉教にもあたらない。憎むべき愚挙である」

これがその翌年早々の話であったが、その後二人の間に起ったことは、大次郎がずっとあとになってから知ったことである。

早春の一日、耀蔵は津軽藩の江戸家老笠原八郎兵衛という人のところへ一通の書状をお蕗に届けさせようとした。

「これは下斗米さまにかかわることでございますか」

と、お蕗が聞いた。

そんなことをこの女が知っていたのか。——と、けげんな顔で見返した耀蔵は、すぐにねじ伏せるようにいった。

「今の世に、一刺客が大名を狙うなど、時勢も国家の大法も許さぬ」

その日、使いに出たお蕗は、そのまま帰って来なかった。

翌日になって耀蔵は、昨夜のうちに下斗米が江戸から消え失せたことを知った。それより彼を驚かせたのは、お蕗のことだ。――すぐに下斗米は南部藩士の関良助という男といっしょに奥羽に向って旅立ったと判明したが、なんとその前にお蕗が彼を訪れたという。そして――ほかの女たちの証言によれば、お蕗は「秀之進の身の廻りの世話をするために」それに同行したという。

下斗米が念願の刺客行に出立したことは間違いなく、かつそれに踏み切らせたのはお蕗の通報によるものであることは明らかであった。

その当座しばらく、大次郎には右の事情はわからず、ただのちに思い合わせて、その直後数日、林耀蔵の何ともいえない、ニガリでものんだような顔を怪しんだが、それがこのことによるものであったかと、大次郎としては珍しい滑稽感に打たれた次第であった。

いったい、そのときお蕗の心にあがった波はいかなるものであったろうか。仔細は知らず、最も耀蔵に献身的な奴隷であったお蕗は、はじめて主人を裏切って下斗米秀之進のもとへ身を投じたのだ。

果然、四月末になって、帰国途上の津軽越中守を羽後《うご》の矢立峠で狙撃した者があったが、事前にその情報を受けていた津軽侯は、替玉の駕籠で空《くう》を撃たせ、自分は道程を変えて海路本国へ逃げ込んだという風説が江戸に伝えられた。

そして、その刺客が南部藩士下斗米秀之進であることも。

それからまた、津軽藩では討手のむれをはなってこの刺客をみちのく中追いまわし、その下斗米は六月はじめに江戸に来てどこかに潜伏し、しかもなお津軽への再撃の機をうかがっているということも。

九

その話は嵐のように江戸に伝わった。

原因は庶民とは無縁な殿中の序列争いに発し、事は遠い奥州で起り、しかも刺客のことは不成功に終ったというのに、テレビも新聞もない時代に、経過中から江戸の民衆の間でこれほど評判になった事件は珍しい。

下斗米秀之進の名はこの上もない英雄として喧伝された。津軽は憎まれ、替玉の駕籠であざむき、大名行列の道すじを変えて海路を逃れたということも、さらに津軽藩が公儀に下斗米の逮捕を督促しているという噂もさげすみの対象になった。

夜陰、江戸の津軽屋敷の堀の塀に落首した者がある。

「海辺を一見などと願い出で浦（裏）道逃げる臆病之守」

それをぬりつぶして消したかと思うと、その白い塀にまた大男根をえがき、

「無念越中はずれ」

と、書きなぐったやつがある。ふんどしにかけた洒落だ。

津軽名産「津軽笛」はばったり売れなくなり、夏になって下痢がはやると津軽下痢と呼ばれ、人の卑怯を笑うのに「つがるなことをするな」という言葉が流行した。

津軽藩が下斗米捜索隊をはなち、江戸に警察権を持たないために公儀にその検挙を要求したのは事実である。それでも、夏から秋へ越えても、下斗米はつかまらなかった。

「つかまるもんか」

と、江戸ッ子たちは肩をそびやかした。

「八百八町の八万八千軒、どこでも隠れ家とならあ」

赤嶽大次郎は下斗米秀之進がこんな「英雄」になろうとは思っていなかった。いや、彼こそ天然の英雄児だと讃美していただけに、はじめ彼のこんどの行動の意志を知ったとき、むしろ彼のために惜しんだほどである。下斗米が江戸に帰り、いずこかに潜伏し、巷の噂がそろそろ高くなり出してからも、彼の安否にやきもき気をもみながらも、「そんなくだらないことに、おぬしほどの有能のいのちを捧げようとするのか、ばかな！」とさけんだ林耀蔵の声がまだ耳によみがえるのを禁じ得なかった。

林耀蔵といえば、こんなことがあった。

六月の或る夜、椎谷藩の江戸屋敷の奥向きで捕えられた泥棒がある。女中につかまえられたためか、ふてくされて、「おいらの名は鼠小僧ってんだ。あの女中が猫みてえにつまみ食いに起き出さなきゃ、つかまりはしなかったんだ」とわめいているという知らせに駈けつけて、その顔を見て大次郎は眼をまろくした。あの和泉屋の幸蔵だったのである。

「これは以前は御当家にも出入りしていた建具屋でござる」

と、身分を証明して、やっとその命を助けてもらった。藩邸の奥向きに泥棒に入られたということは、決して名誉な話ではないので、このことは叶えられた。

「おまえは芝居者から建具屋になり、鳶の者になり、そのあげく泥棒になったのか」

と、大次郎が呆れたようにいうと、幸蔵は陰惨な顔をにやっとさせた。

「化ける、戸をあける、逃げる。——みんな、泥棒のためのいい修行になりやした。へ、へ」

身柄は責任を以てひき渡されたものの、大次郎はこの男の処置を持てあまし、思案のあげく林耀蔵のところへつれていった。

林——ではない、この四月に鳥居家に入った耀蔵は、むろん迷惑そうな表情をした。が、何かと訊問しているうちにその顔に、何やら妙な思いつきが浮かびはじめたようであった。

「おい、うぬはえらいやつが憎らしいといっておったそうだな」

そして、大次郎をふりかえって、あごをしゃくった。

「この男はわしが預る。安心してひきとりなさい」

大次郎は、自分が何をしたのか、このときは知らなかった。――

さて、このころから急速に英雄下斗米の名は江戸で高くなっている。動きやすい赤獄大次郎も、それにつれて動かされ出した。

あれこそまさに英雄的行為ではないか？　あれほど有為の男が、その大望も捨て、あの彼を愛する美しい女たちを捨て、決然、主君の恥をふせぐためにすべてを捨てた。これが真の英雄でなくて何だろう。民衆の讃美は正しい。――

そう思うと、もともと下斗米を敬愛していただけに、彼の熱狂ぶりは他を越えるものがあった。おれはあの人にならうべきだ。あの人を助けるべきだ。あの人を殺させてはならぬ。――しかし、下斗米はどこにいる？

十月五日の夕方であった。使いの者によって大次郎は鳥居耀蔵から呼ばれた。何の用か、いぶかしんでその屋敷に駈けつけた彼はまず意外な言葉を耳にした。

「あのお那輪はどうしておるかの」

「お那輪どの？　あの女たちは、その後も、兵原先生のお情けで、以前同様に暮しておりますが」

「ほう、あの超人にもそんな情けがあったか」

耀蔵は笑った。珍しく機嫌がよかった。

「どうじゃ、明夜、日暮れごろ、お那輪をつれてもういちどここへ来ぬか」

「え、何の用で？」

「場所はいえぬが、下斗米のおるところがわかった。きゃつ、相馬大作と変名して某所に潜伏しておる。公儀もつきとめ得なんだその場所を、あの鼠小僧めが探し出して来たのじゃ」

息をのみ、ややあって、嗄《しゃが》れた声で大次郎は聞いた。

「そこへお那輪どのを逢わせにつれてゆくのでござるか」

「左様、捕手《とりて》とともにな」

「や？」

「その前に、鼠小僧がもういちどそこへ忍び込んで、下斗米めの刀を盗むことになっておる。あれを使われては叶わぬ」

大次郎は、はじめてあの鼠賊をこの鳥居のところへつれて来たことが何をもたらしたのかを知ったのである。あやうく怒号しかけて、彼は満身の力で耐えた。

鳥居耀蔵はふいに厳粛な眼に戻ってつぶやいた。

「法を破った者を、断じて英雄にしてはならぬ。――それを、あの女に見せてやるのじゃ！」

そこには、後年、「法と秩序」のために、数千数万の人間を処刑断罪したといわれる「司法の英雄」鳥居甲斐守の相貌があった。――が、そのときの大次郎の眼には「えらそうな面ァしたやつは、でえっきれえでね」と陰々とつぶやいた鼠小僧そっくりの眼がそこにかがやいているように見えた。

かつて尊敬していたこの人物は、彼よりもえらい人間に、がまんの出来ないやきもちをやいているのだ！

憤怒を死物狂いに大次郎が抑えることが出来たのは、このとき彼の胸に霊感的に或る考えが浮かんだからだ。彼は、自分が英雄になる道をついに見出したのである。

「どうじゃ、つれて来るか」

「かしこまった！」

と、彼はさけんだ。

その翌夜――文政四年十月六日――大次郎はお那輪とともに鳥居家にゆき、そこの侍に案内されて、はじめて日本橋室町の美濃屋という紙問屋についた。すでにそこにはおびただしい捕方が闇にひそんでいた。美濃屋は南部産の紙をあつかう店で、相馬大作はここに潜んでいたのである。

捕方が雪崩れ込んだとき、大作は刀を探し、それが忽然と消えていることを知った。

――ところが、その捕方の真っ先に立った大男が、いきなり自分の刀を投げ出したのである。

「かたじけない」

拾って、大作は相手の顔を見て笑った。

「お前か。これはいよいよかたじけない。しかしなあ、これで捕方を殺しては、罪のとばっちりがいよいよ拡がる。まあ、よそう。だいいち人の刀で人を斬るのは寝ざめが悪いよ」

そして大作は刀を投げ出し、両腕をさしのべた。

混乱した捕方に大作とともに折り重なって捕えられながら、赤嶽大次郎は絶望に髯をふるわせて絶叫していた。

「おれを殺せ！　おれも下斗米先生といっしょに殺せ！」

「ちえっ、しようがねえな」

怒号の渦の空で――天井裏で腹立たしげに舌打ちした声を聞いた者があったか、どうか。――

「しかし、まあ、これはこれでいいや」

美濃屋の奥座敷で、お蕗が懐剣でのどをついて自害しているのが見出されたのはそのあとのことであった。

相馬大作が伝馬町の牢屋敷で処刑されたのは、その翌年の八月二十九日のことである。

ここで斬られるのは庶民にかぎり、士分の者は小塚原でというのが定法であったが、彼は庶民の扱いで斬首された。しかも、津軽越中守の佩刀《はいとう》の延寿国時を預った首斬役の山田浅右衛門は、人を殺した売女を斬ったあとで、その血もぬぐわず大作を斬ったといわれる。

すべて――「英雄扱いにするな」という――すでに幕府目付の職についていた鳥居耀蔵の進言によるものであった。

しかし、同夜また津軽屋敷の門に、

「生首が津軽のほうを笑ってい」

という落首が書かれ、四方の闇から、そのころ江戸にはやり出した「大作舞い」という大黒舞いの替唄が潮騒のように起った。それは津軽家への嘲歌であると同時に、巷の英雄相馬大作への民衆のつきせぬ鎮魂歌であった。

その翌朝、赤嶽大次郎は釈放された。

「のぼせ性の田舎侍でござれば、何とぞ私に免じて」

という平山兵原先生の陳情が聞きとげられたのである。

大次郎はふらふらと四谷伊賀町に挨拶にゆき、ふとのぞいた大作の旧居に六人の女が——あのお那輪をもふくめて——すべて血の花輪と化して自害しているのを発見して、茫乎として立ちすくんだ。

赤嶽大次郎はそれからどうしたか。——この出来そこないの豪傑の一生はおろか、その名さえついに今日知るものがない。

しかも、嗚呼《ああ》。

十

銀座をゆくミニスカートの娘に聞け。

「あなたは相馬大作って知っていますか?」

すると、十人に七、八人は首を横にふるだろう。

新宿を歩く長髪の若者に聞け。

「君は鳥居甲斐守って知っているかい?」

すると、十人に五人はあいまいな顔で沈黙しているだろう。

そして、

「鼠小僧次郎吉は?」

と聞いて見るがいい。二十人の若い男女ことごとく大きくうなずいて、敬愛の眼をかがやかせるに相違ない。

花のお江戸の英雄として、いちばんくだらない本所回向院のこの男の墓だけに今も香煙が立ちのぼっている。……

解説　夢魔が立つ――山田風太郎の地平

縄田一男

初期の終戦直後の風俗に取材した特異な探偵小説から、奇想百出のベストセラー、いわゆる〈風太郎忍法帖〉を経て行われた明治の伝奇化、さらには日本史における魔界の原点としての室町もの、そして病を得てから書かれた飄逸たるエッセーや闘病記の数々まで、鬼才の名をほしいままにしてきた山田風太郎の業績を一巻にまとめるのは、生易しいものではなかった。

しかしながら、結果的には、この鬼才のエッセンスを詰め込んだ珠玉の作品集が出来上ったのではあるまいか、という気がしないでもない。が、山田風太郎こそは、鬼才にして天才、その作品から駄作を捜せという方がむずかしいのだが、本人はとても自作にきびしい人であった。

私は、図々しくも、幾度も山田邸にお邪魔し、近くでその謦咳《けいがい》に接することのできた一人だが、たとえば、「幽霊船棺桶丸」という作品をアンソロジーに採らせていただいたときなどは、さんざん粘って、

「じゃあ、少し手を入れるから」

ということで、やっとOKとなった。


それから、本書に収録した「南無殺生三万人」などは、

「あれは駄作だから」

ということで解禁されなかった。だが、本書を読了された方にお聞きしたい。「あれは駄作ですか？」と。

それから、

「忍法帖は駄目なものが多いけれど、明治ものは割合うまく書けているよ」

との言。

その折、私が、

「あの奇想天外な忍法帖は、一体、どうやって思いつくのですか」

と尋ねると、しばらく、沈思黙考の態で、やおら大真面目な顔で、

「君は、思いつかないかね」

と返されては、本気なのかからかわれているのか、返答に困ったものだった。

それにしても——。

奥様が次々とおつくりになるごちそうに舌鼓を打ちながら、ウイスキーをグラスにドクドクと注ぎ（それは一回として割られることはなかった）、水のように飲みつつ

とか。

も、決して乱れることのない鬼才の話に耳を傾けるとは、何と贅沢な時間であったこ

そして、鬼才は、作家になったばかりの青春の日々の思い出を語るときだけ、何処か遠くを見るような目つきをされていたことが忘れられない。

余談が過ぎたようなので、本書の解説に入ろうと思うが、こうした極上の作品集を語る場合、作品をもって作品を語らしめる以外、手はない。従って、この解説は、本書を読了された方のみに効用があるといっていい。個々の短篇の趣向にも触れるので、解説を先にお読みになっている方は、ぜひとも本文の方に移っていただきたい。

・「笊ノ目万兵衛門外へ」

もし、山田風太郎の短篇の中から一篇を選べ、といわれたら、私は坂下門外の変秘聞ともいうべきこの一篇を推す。

主人公の笊ノ目万兵衛という愚直なまでに仕事に一徹で、家族を愛した同心が、安藤対馬守信正のおぼえもめでたかったにもかかわらず、様々な事件の中で想像を絶するほどの不条理に出遭い、最後はとうとう坂下門外の変の刺客に加わっていた、という物語である。

ラストまで読むと分かるのだが、「笊ノ目万兵衛門外へ」という題名から、最後に刺客に加わるまでの万兵衛の心情をまったく描かず、彼の行動を客観的にとらえ、か

つ、安藤対馬守が、かつて万兵衛に贈った句のたった一文字を変えることで、この男の怒りと哀しみをすべて描き切る。

これぞ、天才、山田風太郎の成せる業でなくて何であろうか。

そして主人公のネーミングに関していえば、冒頭で対馬守と万兵衛の君臣の情が描かれているので、なおさらなのだが、所詮、前述の一同心の万感の思い＝想像を絶するほどのそれは、権力者の頭の中では、笊の目から砂がこぼれるように落ちて、決して斟酌されないという意味がこめられてはいまいか。
・「明智太閤」
御存じ、本能寺の変の一幕である。

冒頭から、人間ばなれした脚力を持つ、あたかも、風太郎忍法帖に登場しそうな連中の争闘が行われるので、興味津々と読んでいくと、山田風太郎はパラレルワールドものの先駆者であったのかと仰天。が、その仰天がラスト数行でストンと落とされる。いわれてみれば、当然すぎるくらい当然の手法なのだが、それを微塵も感じさせない筆致はさすが、としかいいようがない。
・「姫君何処におらすか」
山田風太郎は、作家生活の初期において、百八十度、価値観の変わってしまった社会をころびバテレンに託したり、国家という名の宗教の喪失の哀しみを、現代ものの

「蠟人」に描いたりと、様々な切支丹ものを発表している。

本作は有名な浦上の「四番崩れ」を背景に描かれる、恐るべき切支丹秘史である。風太郎作品の凄いところは、初読の際より、再読、三読したときの方が、ラストに向けて描かれていく部漣島《べれんじま》のマリア様消失の謎の解明が、より、肌に粟を生じるほどの戦慄を招いてやまない点であろう。そして、狂信者たちを憎悪していたはずの宣教師ベルナルド・プティジャンの堕ちる先は――。

・「南無殺生三万人」

「(火付)盗賊改め」というと、『鬼平犯科帳』(池波正太郎)の長谷川平蔵がすっかり定着したが、本作に登場するのは、初代の中山勘解由である。そして、ラストの『江戸真砂六十帖』の引用にもあるように、罪人の首切るも切ったり、「勘解由どのはおよそ三万人余、殺し申されし由」。

この罪人の首を落とすことで四千石の禄を得、大目付に任ぜられた男の人生を、首切りの煩悶期、迷い期、工夫期、スランプ期等々に分けてまとめた作品である。「火付盗賊改め」の真実の残酷味と使命を「江戸のゲシュタポ」と断じ、作中勘解由に「人間というやつはみな悪いことをやるのが好きな善人か、ときどき善いこともやる悪人か、で、例外はまずない。いずれにしても斬り殺してさしつかえない。またこの世に、有害無益でない人間は一人もない、少くとも、この世に絶対必要な人間は一人もない、ということじゃ。あまりそういうことに気をつかうな」と語らしめ、作者自ら「日本人が小粒ながら比較的粒がそろっている」のは「中山勘解由がせっせと犯罪者の大群の首を斬ってくれたおかげ」ではないか、と綴っているのだから恐れ入る。

また作中、切腹を通しての日本人観が示されているのも面白い。鬼才にかかると、これは駄作だそうだが、「違います」といった私の気持ちも理解していただけたであろう。

ラストの「お江戸英雄坂」は、おれは英雄になりたい、と、江戸に現われた越後椎《えちごしい》谷《たに》藩士赤嶽大次郎の目を通して、相馬大作、鳥居甲斐守、鼠小僧次郎吉の三人を描いた力作。

かつては、泉屋と書かれていただけで、あっ、これは鼠小僧、下斗米秀之進が登場しただけで相馬大作と、時代もののファンはピンと来たものだが、それも幾星霜――。娯楽の面から簡単に教養や伝統の途絶える国日本へのこれも批判の一つであろうか。

以上五篇、様々な角度から山田風太郎ワールドを楽しめる作品を収録してみた。が、これも九牛の一毛にすぎない。風太郎作品に駄作なし。それだけはこの一巻で分かっていただけたことだろう。味読されたい。

（文芸評論家）

底本

「笊ノ目万兵衛門外へ」——『ヤマトフの逃亡』（廣済堂文庫、一九九八年二月刊）
「明智太閤」——『江戸にいる私』（廣済堂文庫、一九九八年五月刊）
「姫君何処におらすか」——『売色使徒行伝』（廣済堂文庫、一九九六年九月刊）
「南無殺生三万人」——『切腹禁止令』（廣済堂文庫、一九九七年三月刊）
「お江戸英雄坂」——『死なない剣豪』（廣済堂文庫、一九九七年一一月刊）

本書には、今日の人権意識に照らして不適切と思われる語句が使用されておりますが、作品の時代背景を鑑み、そのままとしました。

笊《ざる》ノ目《め》万兵衛《まんべえ》門外《もんがい》へ
山田風太郎《やまだふうたろう》傑作選《けつさくせん》　江戸篇《えどへん》

二〇二〇年　七　月一〇日　初版印刷
二〇二〇年　七　月二〇日　初版発行

著　者　山田風太郎《やまだふうたろう》
編　者　縄田一男《なわたかずお》
発行者　小野寺優
発行所　株式会社河出書房新社
〒一五一－〇〇五一
東京都渋谷区千駄ヶ谷二－三二－二
電話〇三－三四〇四－八六一一（編集）
〇三－三四〇四－一二〇一（営業）
http://www.kawade.co.jp/

ロゴ・表紙デザイン　粟津潔
本文フォーマット　佐々木暁
本文組版　KAWADE DTP WORKS
印刷・製本　凸版印刷株式会社

Printed in Japan　ISBN978-4-309-41757-8

真田忍者、参上！

嵐山光三郎／池波正太郎／柴田錬三郎／田辺聖子／宮崎惇／山田風太郎　41417-1

ときは戦国、真田幸村旗下で暗躍したるは闇に生きる忍者たち！　猿飛佐助・霧隠才蔵ら十勇士から、名もなき忍びまで……池波正太郎・山田風太郎ら名手による傑作を集成した決定版真田忍者アンソロジー！

井伊の赤備え

細谷正充〔編〕　41510-9

柴田錬三郎、山本周五郎、山田風太郎、滝口康彦、徳永真一郎、浅田次郎、東郷隆の七氏による、井伊家にまつわる傑作歴史・時代小説アンソロジー。

完全版　本能寺の変　431年目の真実

明智憲三郎　41629-8

意図的に曲げられてきた本能寺の変の真実を、明智光秀の末裔が科学的手法で解き明かすベストセラー決定版。信長自らの計画が千載一遇のチャンスとなる⁉　隠されてきた壮絶な駆け引きのすべてに迫る！

完全版　名君　保科正之

中村彰彦　41443-0

未曾有の災害で焦土と化した江戸を復興させた保科正之。彼が発揮した有事のリーダーシップ、膝元会津藩に遺した無私の精神、知足を旨とした暮し、武士の信念を、東日本大震災から五年の節目に振り返る。

花闇

皆川博子　41496-6

絶世の美貌と才気を兼ね備え、頽廃美で人気を博した稀代の女形、三代目澤村田之助。脱疽で四肢を失いながらも、近代化する劇界で江戸歌舞伎最後の花を咲かせた役者の芸と生涯を描く代表作、待望の復刊。

みだら英泉

皆川博子　41520-8

文化文政期、美人画や枕絵で一世を風靡した絵師・渓斎英泉。彼が描いた婀娜で自堕落で哀しい女の影には三人の妹の存在があった——。爛熟の江戸を舞台に絡み合う絵師の業と妹たちの情念。幻の傑作、甦る。

怪異な話

志村有弘〔編〕　41342-6

「宿直草」「奇談雑史」「桃山人夜話」など、江戸期の珍しい文献から、怪談、奇談、不思議譚を収集、現代語に訳してお届けする。掛け値なしの、こわいはなし集。

江戸の都市伝説　怪談奇談集

志村有弘〔編〕　41015-9

あ、あのこわい話はこれだったのか、という発見に満ちた、江戸の不思議な都市伝説を収集した決定版。ハーンの題材になった「茶碗の中の顔」、各地に分布する飴買い女の幽霊、「池袋の女」など。

現代語訳　南総里見八犬伝　上

曲亭馬琴　白井喬二〔現代語訳〕　40709-8

わが国の伝奇小説中の「白眉」と称される江戸読本の代表作を、やはり伝奇小説家として名高い白井喬二が最も読みやすい名訳で忠実に再現した名著。長大な原文でしか入手できない名作を読める上下巻。

弾左衛門の謎

塩見鮮一郎　40922-1

江戸のエタ頭・浅草弾左衛門は、もと鎌倉稲村ヶ崎の由井家から出た。その故地を探ったり、歌舞伎の意休は弾左衛門をモデルにしていることをつきとめたり、様々な弾左衛門の謎に挑むフィールド調査の書。

異形にされた人たち

塩見鮮一郎　40943-6

差別・被差別問題に関心を持つとき、避けて通れない考察をここにそろえる。サンカ、弾左衛門から、別所、俘囚、東光寺まで。近代の目はかつて差別された人々を「異形の人」として、「再発見」する。

賤民の場所　江戸の城と川

塩見鮮一郎　41052-4

徳川入府以前の江戸、四通する川の随所に城郭ができる。水運、馬事、監視などの面からも、そこは賤民の活躍する場所となる。浅草の渡来民から、太田道灌、弾左衛門まで。もう一つの江戸の実態。

差別語とはなにか

塩見鮮一郎　40984-9

言語表現がなされる場においては、受け手に醸成される規範と、それを守るマスコミの規制を重視すべきである。そうした前提で、「差別語」に不快を感じる弱者の立場への配慮の重要性に目を覚ます。

貧民に墜ちた武士　乞胸という辻芸人

塩見鮮一郎　41239-9

徳川時代初期、戦国時代が終わって多くの武士が失職、辻芸人になった彼らは独自な被差別階級に墜ちた。その知られざる経緯と実態を初めて考察した画期的な書。

吉原という異界

塩見鮮一郎　41410-2

不夜城「吉原」遊廓の成立・変遷・実態をつぶさに研究した、画期的な書。非人頭の屋敷の横、江戸の片隅に囲われたアジールの歴史と民俗。徳川幕府の裏面史。著者の代表傑作。

部落史入門

塩見鮮一郎　41430-0

被差別部落の誕生から歴史を解説した的確な入門書は以外に少ない。過去の歴史的な先駆文献も検証しながら、もっとも適任の著者がわかりやすくまとめる名著。

被差別小説傑作集

塩見鮮一郎　41444-7

日本近代文学の隠れたテーマであった、差別・被差別問題を扱った小説アンソロジー。初めてともいえる徳田秋声「藪こうじ」から島木健作「黎明」までの11作。

被差別文学全集

塩見鮮一郎〔編〕　41474-4

正岡子規「曼珠沙華」、神近市子「アイデアリストの死」から川端康成「葬式の名人」、武田繁太郎「風潮」の戦後まで、差別・被差別問題を扱った小説アンソロジーの決定版。

大坂の陣　豊臣氏を滅ぼしたのは誰か

相川司　41050-0

関ヶ原の戦いから十五年後、大坂の陣での真田幸村らの活躍も虚しく、大坂城で豊臣秀頼・淀殿母子は自害を遂げる。豊臣氏を滅ぼしたのは誰か？戦国の総決算「豊臣 VS 徳川決戦」の真実！

遊古疑考

松本清張　40870-5

飽くことなき情熱と鋭い推理で日本古代史に挑み続けた著者が、前方後円墳、三角縁神獣鏡、神籠石、高松塚壁画などの、日本古代史の重要な謎に厳密かつ独創的に迫る。清張考古学の金字塔、待望の初文庫化。

幕末の動乱

松本清張　40983-2

徳川吉宗の幕政改革の失敗に始まる、幕末へ向かって激動する時代の構造変動の流れを深く探る書き下ろし、初めての文庫。清張生誕百年記念企画、坂本龍馬登場前夜を活写。

坊っちゃん忍者幕末見聞録

奥泉光　41525-3

あの「坊っちゃん」が幕末に?!　霞流忍術を修行中の松吉は、攘夷思想にかぶれた幼なじみの悪友・寅太郎に巻き込まれ京への旅に。そして龍馬や新撰組ら志士たちと出会い……歴史ファンタジー小説の傑作。

赤穂義士　忠臣蔵の真相

三田村鳶魚　41053-1

美談が多いが、赤穂事件の実態はほんとのところどういうものだったのか、伝承、資料を綿密に調査分析し、義士たちの実像や、事件の顚末、庶民感情の事際を鮮やかに解き明かす。鳶魚翁の傑作。

藩と日本人　現代に生きる〈お国柄〉

武光誠　41348-8

加賀、薩摩、津軽や岡山、庄内などの例から、大小さまざまな藩による支配がどのようにして〈お国柄〉を生むことになったのか、藩単位の多様な文化のルーツを歴史の流れの中で考察する。

伊能忠敬　日本を測量した男

童門冬二　41277-1

緯度一度の正確な長さを知りたい。55歳、すでに家督を譲った隠居後に、奥州・蝦夷地への測量の旅に向かう。艱難辛苦にも屈せず、初めて日本の正確な地図を作成した晩熟の男の生涯を描く歴史小説。

吉田松陰

古川薫　41320-4

2015年NHK大河ドラマは「花燃ゆ」。その主人公・文の兄が、維新の革命家吉田松陰。彼女が慕った実践の人、「至誠の詩人」の魂を描き尽くす傑作小説。

真田幸村　英雄の実像

山村竜也　41365-5

徳川家康を苦しめ「日本一の兵（つわもの）」と称えられた真田幸村。恩顧ある豊臣家のために立ち上がり、知略を駆使して戦い、義を貫き散った英雄の実像を、多くの史料から丹念に検証しその魅力に迫る。

五代友厚

織田作之助　41433-1

ＮＨＫ朝の連ドラ「あさが来た」のヒロインの縁故者、薩摩藩の異色の開明派志士の生涯を描くオダサク異色の歴史小説。後年を描く「大阪の指導者」も収録する決定版。

井伊直虎と戦国の女城主たち

楠戸義昭　41483-6

二〇一七年ＮＨＫ大河ドラマの主人公直虎と、信長の叔母、立花宗茂の妻、光秀の妻ら、十四人の戦国時代の女城主たちの活躍を描く書き下ろし読み物。図版多数。

家光は、なぜ「鎖国」をしたのか

山本博文　41539-0

東アジア情勢、貿易摩擦、宗教問題、特異な為政者――徳川家光政権時に「鎖国」に至った道筋は、現在の状況によく似ている。世界的にも「内向き」傾向の今、その歴史の流れをつかむ。

天平の三皇女

遠山美都男　41491-1

孝謙・称徳天皇として権勢を誇った阿倍内親王、夫天皇を呪詛して大逆罪に処された井上内親王、謀反に連座、流罪となりその後の行方が知れない不破内親王、それぞれの命運。

応神天皇の正体

関裕二　41507-9

古代史の謎を解き明かすには、応神天皇の秘密を解かねばならない。日本各地で八幡神として祀られる応神が、どういう存在であったかを解き明かす、渾身の本格論考。

昭和天皇と鰻茶漬

谷部金次郎　41367-9

谷部は十七歳で宮内庁に入り、「天皇の料理番」秋山徳蔵の薫陶を受け、以後陛下一代の料理番となる。その苦心の数々と陛下への尊崇の念を綴る一冊。

皇室の祭祀と生きて

髙谷朝子　41518-5

戦中に十九歳で拝命してから、混乱の戦後、今上陛下御成婚、昭和天皇崩御、即位の礼など、激動の時代を「祈り」で生き抜いた著者が、数奇な生涯とベールに包まれた「宮中祭祀」の日々を綴る。

三種の神器

戸矢学　41499-7

天皇とは何か、神器はなぜ天皇に祟ったのか。天皇を天皇たらしめる祭祀の基本・三種の神器の歴史と実際を掘り下げ、日本の国と民族の根源を解き明かす。

天皇と賤民の国

沖浦和光　41667-0

日本列島にやってきた先住民族と、彼らを制圧したヤマト王朝の形成史の二つを軸に、日本単一民族論を批判しつつ、天皇制、賤民史、部落問題を考察。増補新版。

酒が語る日本史

和歌森太郎 41199-6

歴史の裏に「酒」あり。古代より学者や芸術家、知識人に意外と呑ん兵衛が多く、昔から酒をめぐる珍談奇談が絶えない。日本史の碩学による、「酒」と「呑ん兵衛」が主役の異色の社会史。

花鳥風月の日本史

高橋千劔破 41086-9

古来より、日本人は花鳥風月に象徴される美しく豊かな自然のもとで、歴史を築き文化を育んできた。文学や美術においても花鳥風月の心が宿り続けている。自然を通し、日本人の精神文化にせまる感動の名著！

一冊でつかむ日本史

武光誠 41593-2

石器時代から現代まで歴史の最重要事項を押さえ、比較文化的視点から日本の歴史を俯瞰。「文明のあり方が社会を決める」という著者の歴史哲学を通して、世界との比較から、日本史の特質が浮かび上がる。

日本人の神

大野晋 41265-8

日本語の「神」という言葉は、どのような内容を指し、どのように使われてきたのか？　西欧のGodやゼウス、インドの仏とはどう違うのか？　言葉の由来とともに日本人の精神史を探求した名著。

日本人のくらしと文化

宮本常一 41240-5

旅する民俗学者が語り遺した初めての講演集。失われた日本人の懐かしい生活と知恵を求めて。「生活の伝統」「民族と宗教」「離島の生活と文化」ほか計六篇。

日本人の死生観

吉野裕子 41358-7

古代日本人は木や山を蛇に見立てて神とした。生誕は蛇から人への変身であり、死は人から蛇への変身であった……神道の底流をなす蛇信仰の核心に迫り、日本の神イメージを一変させる吉野民俗学の代表作！